唯川惠 著
張秋明 譯

嘆息的時間

ため息の時間

目錄

口紅

「我想要一支口紅。」聽見妻子如此的要求，原田十分驚訝。

他完全沒有料到妻子居然會想要那種東西。

「是嗎，我知道了。」雖然疑惑，原田還是答應了。

「可以嗎？真的會買給我嗎？」

「嗯。」

「我好高興。」妻子的臉上綻放著笑容。

「對了，什麼顏色比較好呢？」

「亮一點的顏色比較好。對了，就像那朵石榴花的顏色吧！」

原田在妻子目光的催促下往窗外看。

細心照顧的庭園裡，栽種了各式各樣的植物。其中有棵石榴樹一枝獨秀地拔高竄起，從閃爍的綠葉之間，紅色小花在夏日的陽光下燃燒。

「我知道了，下次我會買回來的。」

「嗯。」

「那我回去了。我還會再來的。」

躺在升降床上，妻子面向這裡盡量擠出了笑容。

妻子的臉頰已失去往日的豐滿。裸露在棉被上的手臂也細瘦得嚇人。肌膚沒有活力，梳向一邊的髮束也毫無光澤。感覺妻子整個人將虛弱地逐漸化為透明。

原田走出了病房。寬闊的走廊顯得十分乾淨。燈光很亮，窗戶也做得很大，午後的陽光滿溢般地投射進來。擦身而過的護士們一個個都面帶著聖職人員般的祥和表情，聚集在庭院和大廳的病人們，則像結束長途旅行的詩人一樣臉上浮現滿足的笑容。在這裡時間恍如靜水流深地悠然前進。

行走之間，原田很自然地又低下了頭。他不太習慣來這種地方，每次一來，總覺得自己很齷齪。彷彿不知廉恥地暴露出自己對金錢、性愛等慾望，甚至連吐出來的氣息都充滿了野獸的味道。

他趕緊走出醫院大門，往停車場移動。曝曬在日光下的車內十分炎熱，但一坐進車內仍覺得心安。原田立刻發動引擎，打開車窗，將冷氣開到最大。回頭一看，在輪廓模糊的風景中，只有那鮮紅的石榴花顯得特別耀眼。

原田幾乎沒有看過上了妝的妻子。

因為原田從來不讓妻子那麼做。他討厭化妝。然而他並不討厭化了妝的女人，只是不喜歡妻子化妝而已。

大約二十年前的相親席上，原田對著薄施脂粉的妻子說：「下次見面可不可以不要化妝呢？」

結果妻子果然聽他的話，素著一張臉赴約。當年二十三歲的妻子，肌膚年輕而豐潤。色澤很淡的嘴唇看起來也不錯。尤其重要的是她聽從了原田希望她不要化妝的請求。過了半年後，兩人結婚。就在原田二十九歲那一年。

一開始原田便決定如果要結婚就是透過相親。對於玩玩就好的女人和可以結婚的女人，他可是分得一清二楚的。結婚就是生活，他壓根都不想帶進任何甜美感傷的情緒。過去的他也有過幾段形同戀愛的關係，一旦愛情的感覺消失，之後只是不斷重複莫可奈何的鬱悶感受；既然這樣，倒還不如一開始就跟沒有戀愛感覺的對方在一起比較好。女人和妻子本來就是兩種不同類的生物。一如他不會要求女人有妻子的特質，他也不會要求妻子扮演女人的角色。這世界上的男女就是搞不清楚這一點，人生才會變的那麼麻煩！

原田從來不奢望娶到貌美如花的妻子。只要妻子能夠好好作家事、幫他生兒育女、照顧已經開始有點老人癡呆症的爸爸、恰如其分地和鄰居交往、不抱怨訴苦、不開口干涉丈夫的所作所為，他就心滿意足了。事實上妻子果然也是這樣的女人。

「所以說，你要我去幫你買那支口紅囉？」孝子驚訝地反問。

「別這麼說嘛，拜託啦。我又沒有買過口紅之類的化妝品。」

原田和在客戶那裡上班的孝子發生關係已經有兩年的歷史了。由於彼此都不會給對方找麻煩，算是一段不拖泥帶水的交往。明年即將邁入三十大關的她，身材高䠷、個性豪爽大方。很懂得享受男歡女愛。

孝子從床上伸出手來，抓住寶特瓶的礦泉水往嘴裡灌。

「眞是搞不懂你的神經怎麼那麼大條？」

「會嗎？」

「你生病的老婆拜託你買東西，居然要我這個外遇對象去買？你不會跟你女兒說去？」

「我女兒回我說：媽拜託的人是老爸，當然要由老爸去買，才有意義！」

「她說的倒也沒錯。」

「那可以麻煩妳嗎？」

「算了，我去幫你買就是了。」

孝子又拿起了水喝。在床頭燈的照射下，下巴到脖子之間的線條浮現出光影，可以看見一顆小喉結健康地上下移動。暈開的眼影稍微染黑了眼眶下方，但原田一點也不介意。孝子很適合化妝。

「什麼算了？」

「我要是你老婆的話，肯定早就離家出走了，我想。」孝子的語氣顯得有些揶揄。

原田本來想回說「我一點想娶妳爲妻的意思都沒有」，但還是吞了回去。女人有時候就是會像這樣強調自己的存在。就是因爲硬要那麼做，即便有睡覺的對象，卻始終找不到願意結婚的男性。原田並不認爲所有的女人都渴望結婚，而是覺得女人只要能不強調結婚意願，實力就越堅強。

「那……要買什麼顏色的呢？」

「說是亮一點的顏色好，就像石榴花一樣。」

「哦？」孝子抬起了頭，用略帶同情的眼光看著原田。原田反問：「怎麼了？」

只見她悠悠地搖搖頭，嘴角浮現淡淡的笑容。

他曾看過妻子化妝的樣子。

大約是五、六年前。並非濃妝豔抹，只是打了點粉，修了一下眉毛，淡淡抹上口紅而已。可是已經引起原田極度的不快，那一天是和原田學生時代的朋友聚會之日。

這十年來，一年一度在中元節前後，過去的老同學習慣聚集在一起。就像在家裡開同學會一樣，只有五個大男生的輕鬆聚會。

隨著時光的推移，每個人的人生模式都變得一目了然。原田內心很自負的是，其中就屬自己最出人頭地。身為知名家電廠商的經理，在社會一片不是赤字經營就是裁員的嘆息聲中，他們公司依然保持安定成長的業績。升為高級主管也是指日可待的。

服務於證券公司，過去曾經意興風發的近藤，如今被外派到子公司，已不見當年的盛氣凌人。自己開店的林，經濟大權掌控在老婆手裡，平常連喝個小酒的零用錢都得低聲下氣才能要得到。任職於都市銀行的本木，最後只做到了分行副理就升不上去了。最糟糕的是辭去上班族工作改當陶藝家的笹倉，作品完全賣不出去，還被老婆拋棄，連生活都差點成問題。

能夠招待這群老友吃飯喝酒，原田感覺心情很爽快。畢竟從學生時代起，他一向都處於領導地位，因此在請客的這一瞬間帶給他一種不負眾望功成名就的滿足感。

經過幾次的聚會後，那一天妻子化了妝。席間不記得是誰拿出來調侃，妻子舉起手捂著嘴唇吃吃地笑。感覺好像很高興。至少看在原田眼裡是這樣子。看著妻子走進廚房，他立刻追了上去。

「妳在搞什麼鬼呀？」

一時之間妻子茫然地看著原田。

「幹麼跟著起鬨還化妝，難道想讓我丟人現眼嗎？」

妻子的表情變得僵硬。丟下原田回到房間，再次出現時已恢復原來素淨的臉。

半年前，做完健康檢查回來的妻子對他說「醫生說我必須動手術才行」。原田甚至連妻子去做檢查也不知情。

「怎麼了嗎？」原田反問，妻子聳聳肩回答：「我也不是很清楚。總之醫生說請妳先生過來一趟。你明天下午能不能抽空陪我？」

晚上有個一定得出席的應酬，下午倒是能抽出時間。問清楚了醫院的地點和時間，原田當做一回事記在心裡了，卻又不免心想：這下可麻煩了。

只要妻子一臥病在床，原田不知爲什麼就容易生氣。當然妻子也是人，也會有感冒、身體不適等情況發生。儘管心裡明白，只要一看到妻子躺在被窩裡、一臉發燒的樣子，原田就會顯露出冷淡不耐煩的態度。這種時候即便沒有特別的活動，他也會遲歸甚至是外宿。

以前他跟孝子提起這事時，孝子還一臉的錯愕。

「那你太太生病躺在床上時，三餐怎麼辦？小孩誰來照顧？」

「總有人解決吧，實際上不也都沒事嗎！」

「你眞是有夠自私的。你太太可不是你媽耶！」

「廢話，我從來就沒看過我媽生病躺在床上。」

忽然間腦海浮現母親的容顏。小時候很期待感冒，因爲只有這種時候，母親會直接用湯匙餵他吃蜜桃罐頭。嘴巴四周沾滿了黏稠的湯汁，感覺也很不賴。如今倒是一點也不想吃蜜桃罐頭了；就算吃了，恐怕味道也跟當年不一樣了吧？

「大概只有到你們那個年紀的人會大言不慚地這麼說！往往就是你們這種男人，一旦自己稍微發點燒就大驚小怪的。」

原田不知道那個時候孝子爲什麼會站在妻子那一邊。維持身體健康，難道不是爲人妻子的重要工作之一嗎？反正丈夫不在家的白天，她可以好好睡覺休息，就應該在那段期間恢復健康才對。總之他不能接受身爲丈夫的自己還在家時，妻子窩在床上睡覺！

然而現在不只是躺在床上休息，而是妻子住院了，原田彷彿遭到報應似的，生活變得極其不便。家事改由還在念大學的女兒接手，凡事偷工減料，又不會做菜。害得他早晨常常沒有乾淨的襯衫能穿，連續好幾天都得睡在沒換洗的床單上。可是只要他一開罵，女兒的回答也很簡單：「不然你自己做呀！」

女兒簡直是全世界最冷酷的女人了！

那一天醫生語氣平淡地說明妻子的病情。面對醫生仔細卻又有些語焉不詳的解說，他只希望對方趕緊提出結論。最後決定住院和動手術，趁著妻子去櫃台辦手續時，醫生表情嚴肅地告訴原田：「請先做好最壞的心理準備。」

他心想：是嗎，有那麼嚴重嗎？

原田當然很驚訝。一種被突擊的意外驚嚇；但又好像事不關己，缺乏眞實感，只剩思緒在腦海中飄來飄去。

是嗎，是這樣子嗎……。

同樣的話語不斷在腦海中翻轉。

收到變成陶藝家的笹倉寄來的個展邀請函，是在一個煩悶的雨天。

封鎖著濕氣的電車廂裡，從西裝冒上來一股毛料特有的氣味令人氣悶。邀請函上註明笹倉榮獲某工藝展獎，所以這是一個紀念個展。

但願那傢伙能夠藉此多少增加點名氣，原田看著邀請函茫然地心想。

原田常會借錢給被老婆拋棄、生活三餐不繼的笹倉。妻子也很關心笹倉，有時會將人家送的酒、火腿等禮品分給他。因爲笹倉總是穿著膝蓋部位褲管已然寬鬆的牛仔褲、網領不挺的馬球衫和每次都一樣的藍色毛衣，原田也不只一兩次送他衣服過。他的頭髮也好幾個月都不剪，眞不知道他的健康保險和年金保費是否仍在繳？本人絲毫不以爲意的樣子。原田也曾對這個行將五十歲的男人的生活提出建議，但笹倉每次都只是無所謂地一笑置之。

自己開店的林收到邀請函便立刻來電邀約，說什麼難得有這機會大家至少在開幕酒會上應該露臉表示祝賀。原田沒有理由拒絕，所以答應出席。

來到現場驚訝地發現作爲會場的畫廊很大。雖然今天是開幕首日，陳列的茶碗、花瓶等已陸陸續續貼上了售出的紅紙。

畫廊裡來了許多不知道是笹倉的工作夥伴，還是相關業者等不認識的臉孔。一向裝扮邋遢的笹倉，今天也刮了鬍鬚、穿上乾淨的白襯衫，搭配深藍色西裝褲。

一看到原田他們站在角落喝酒，笹倉立刻過來打聲招呼。

「不好意思，還讓你們專程過來。」

「今天可是你嶄露頭角的舞台，我們怎麼能不來？」原田說。他認爲這種時候當然該由他帶頭發言。

「不錯嘛，今天看起來倒是很有陶藝家的樣子！」聽到林的調侃，笹倉顯得有些難爲情。彼此閒話家常了一陣子，一名年輕女子前來呼喚笹倉。

「老師，麻煩一下。」

笹倉點了點頭，轉過來跟他們說：「我去一下就來。」

「喂，你就專心忙你的去吧，不用招呼我們了。」

看著笹倉離去的背影，近藤輕輕地嘆了一口氣說：「聽見沒，人家喊他老師耶！」其他人也都深有同感地點點頭。事實上，今天的笹倉也跟平常和他們聚會時不同，神情充滿了自信。

「那傢伙吃了不少苦，今後可出人頭地了。眞叫人羨慕。仔細想想，咱們活到這個歲數，已經沒什麼機會可以用到『今後』這個字眼了。」聽到本木這麼說，原田的內心深處也有種不安穩的情緒，感覺就像是自己坐慣的位置被別人取代了一樣。只見笹倉到處忙著跟人點頭致意，接受別人的讚美、拍照。原田頭一次看到這樣的笹倉。

原田瞄了一下手錶，已經快八點了。

「不好意思，我要先告辭了。」

「什麼呀，接下來不是要一起去喝一杯的嗎？」

「明天一早還要出差呀。」

「你還是一樣到處飛來飛去嗎？」

「是呀。」

看見本木的眼神帶著羨慕之意。感覺倒是不壞。

「對了，下次什麼時候聚會呢？」問話的人是近藤。

「哦……關於這件事，因爲最近比較忙還沒確定。下回再連絡吧。」

「是嗎。那就跟大嫂問個好吧。」

原田一點也不想提起妻子的事。他不希望被認爲是在爭取同情，尤其是在老朋友之間。

本想悄悄離去的，才剛走出畫廊，笹倉便追了上來。

「要走了嗎？」

「接下來你們幾個好好聚聚吧。」

「你這麼忙，眞是不好意思。」

原田正式面對著笹倉說：「你的人生就要開始了！」

「但願如此。」

「可是千萬別得意忘形呀。任何一個世界都有扯你後腿的傢伙存在。」

「嗯。」笹倉又露出了往常無所謂的笑容。眼睛裡看不到慾望。原田覺得對方好像是在

譴責自己心裡老是想著那種事情，於是趕緊快步離去。

前不久還在爲三餐煩惱的傢伙居然如此趾高氣昂，也不想想是誰借給你錢的？是誰送食物給你的？

一想到這裡，立即又爲自己有這種想法而咬唇克制。苦澀從舌根蔓延開來，心中有著不好的念頭。抬頭仰望，從厚重的雲層間，看見了顏色如枯葉般的月亮。

孝子來電說要拿口紅給他，要他到住處去拿，原田表示想在外面碰頭。兩人約在神樂坂一家去過幾次的高級日本餐廳見面。

去時孝子已經到了，原田才剛坐好，孝子便遞上口紅問說：「要看看嗎？」

他搖頭回答：「不用。」

小紙盒上繫著緞帶，心頭立刻一震：這可不行！一邊收進胸前的暗袋，一邊思考回去後得先拆掉包裝才行。

「不好意思麻煩妳了。」

「不必介意，選購化妝品其實還蠻好玩的，即便是幫別人買。」

孝子大快朵頤地吃完送上來的每道料理。看著她用塗著蔻丹的手指將酸味刺激的醋醃章魚、飽吸油脂的炸天婦羅、油花密布的生牛肉塞進塗著口紅的嘴裡一一嚥下，不禁感覺對方彷彿是在宣示所謂健康理當如此！

「你太太的情況怎麼樣？」

「還是一樣呀。」

「是哦。」

孝子沒有繼續詳問。這也是原田欣賞她的優點之一。喜歡追根究柢的女人通常都很大嘴巴。

那個時候，妻子的術後情況良好，體力逐漸恢復，一個月後便出院了。但之後過沒多久，馬上又無法起床、食慾減低、持續性發燒。由於情況完全符合醫生所說的，原田感覺就像是在看變魔術一樣。

原田幾乎沒有吃菜，而是慢慢地喝著冰酒。雖然喜歡吃的菜漸漸減少，反而對酒的滋味越來越有感覺。喝酒時只要一點小菜，而且要口味清淡的。例如白肉的生魚片或燙山菜。年輕時喝酒是牛飲，如今則是眞的喜歡。

「事到如今，還要口紅幹什麼？又不能出門。」不經意地脫口而出，引起孝子停下筷子抗議：「你這個人只把你太太當做妻子看待的吧？」

「那要怎麼樣才能把太太當做妻子以外的人看待？」

「當然是要把她當做女人看待呀！」

原田很不耐煩地回說：「算了吧，妳是說那個灰頭土臉的女人嗎？別嚇人了。」

「爲什麼？」

「假如要當個女人，就不應該選擇當妻子或母親。一輩子都作爲女人不就好了。」

「好自私的人呀。你自己不也結了婚、當人家丈夫也當了爸爸！」

「男人和女人不一樣。」

「哪裡不一樣？」

「根本上就是不一樣，不論是生理結構還是心理結構。」

「眞受不了你。」

「那我問妳，比起當妻子或母親，難道當個女人就比較幸福嗎？女人會不幸福，最終原因不就出在身爲女人的那一部分嗎？」

「就算不幸福，還是比不能當做女人要好的多呀。」

「鬼扯淡！」

原田爲自己斟滿冰酒。由於酒瓶的瓶身設計有裝冰塊的凹洞，所以酒溫不會上升。

「你根本就不懂女人的心情。如果是三十歲出頭的男人還算可愛，而你這種年紀就令人絕望了。」

「那女人又怎麼樣？」原田有些不高興地反問：「女人懂男人的心情嗎？」

「不懂呀。可是女人並非真的不懂，而是爲了男人故意裝做不懂的樣子。」

「妳在鬼扯些什麼呀？」

「假如女人跟你說我懂男人的心情，你會高興嗎？」

「當然不會。問題是女人哪裡會懂！」

「看吧，馬上就做出這種結論。所以女人才會爲了男人故意裝做不懂的樣子。」

孝子的回答不禁讓原田笑了出來。究竟這種狗屁理論是從哪裡冒出來的。這樣就代表了解男人了嗎？真是受不了女人的自以爲是。

「算了，不說這個了。你們公司的情況，好像很嚴重呀。」

原田拿著酒杯的手停住了。

「妳的消息還眞靈通。」

「誰叫貴公司是我們的重要客戶呢。」孝子的表情冷靜平淡。

日前公司內部公文通知，今後兩年內高級主管的人數將減爲目前的三分之二。原田發現當初答應將位置留給他的董事也成了縮編對象十分震驚。就是爲了董事一句「我會幫你爭取」，自己不知貢獻了多少時間和勞力，這下全都一筆勾銷了！

「我們在一起也兩年了。」孝子這句話說得很唐突。

「說的也是。」

「感覺在一起好像很久了，又覺得時間很短。」

原田再次爲自己斟酒。

「要分手了嗎？」

「是呀。」

因爲孝子回答得很乾脆，原田反而覺得輕鬆。要是對方扯出一大堆理由，那才眞叫人受不了。果然還是女人斷念的快，既快又狠且準。

之後兩人只是做些無關緊要的閒聊。彷彿分手的話才說出口，瞬間已被兩人所遺忘。

「那就多保重。」

「你也是。」

走出店門，兩人平靜地分手。雖然沒有訴諸言語，這是當初開始這段關係時早已說好的。而今兩人的關係結束。

妻子收下口紅，很高興地打開蓋子。

「好漂亮的顏色。」說完仍凝視著口紅，彷彿百看不厭。

原田坐在窗邊的椅子上。透過百葉窗細縫穿射進來的陽光如粉末般地灑落。不知道爲什麼這裡的光線總是感覺特別柔和。

「我沒想到你會眞的買來給我呀。」

「妳不用嗎？」原田問。

妻子慢慢地搖搖頭，說：「不用。」

「那又何必要買呢？」

妻子垂下了眼光。

「不，我並不是在抱怨。」

妻子看著他的表情顯得有些困惑。

「可是你不是討厭我化妝嗎？」

「我並沒有討厭……」

「我曾經被你罵過一次。」

原田立刻明白妻子指的是那件事。

「你不記得了嗎？」

「不記得了。」

「是嗎。」

妻子將口紅蓋好，放在床頭桌上。

「我的確是不喜歡別人化妝。妳的意思是說我強迫妳了？」

「不，我不是那個意思。那是我們結婚時就說好的。不過老實說，我有時眞的很想化妝。我的年紀也一天一天地老了，不是嗎？膚色變得暗沉，又有皺紋，總不好意思老是素著一張臉吧。畢竟我也是個女人呀。」

女人嗎？原田心想。妻子原來也是女人呀？即便爲人妻、爲人母了，也還是希望繼續身爲女人嗎？女人都是這樣子嗎？

「既然如此，又何必在意我說的，隨妳高興去做不就好了嗎？」

「是呀。假如不知道你母親的事，我也許會那麼做吧。」

突然提起母親的事，原田一時之間說不出話來。

「老公……」

「嗯？」

「我還有些話要說。」

「什麼呢？」自以爲說話的口氣很平淡，其實仍擔心妻子會說些什麼。

「我們結婚已經二十年了。這之間你總是忙著工作，完全不管家裡的事。當然我也知道你是爲了這個家，我從來也沒有爲錢的事煩惱過。這一點我眞的很感謝你。」妻子說到這裡停住了。她的氣不長，講太久的話時就得像這樣不斷調整呼吸。

「可是在腦海中要想起你的時候，卻都只是你的背影。我完全想不出來你正面看我的臉。」

「這種事……」原田說到一半已接不下話，他試圖尋找否定的話語。

「我知道你的工作很辛苦。」妻子的聲音有些沙啞。「心裡明白可是……事到如今再說這些，眞是有些難爲情……我希望你偶爾也能看著我。」

原田站了起來，將手指插進百葉窗的葉片之間。

「不管什麼時候，女人總希望有人凝視著她們。」

窗外是整片的天空和綠地，白色的風流動讓人意識到秋天來了。忽然間他不知道這裡是哪裡？爲什麼自己會在這裡？爲什麼妻子要躺在床上？

「妳是不是後悔跟我結婚呢？」

「不是的。」

「既然這樣……」

「只是……」

「只是？」

「我只是覺得很寂寞。」

感覺石榴花的顏色又加深了。石榴有分會結果實和不會結果實的兩種。等到秋意更濃時，那棵石榴應該會結果實吧？

曾經好幾度看過母親坐在鏡台前，認眞地化妝。化過妝的母親固然很美，但那不是她的臉。原田覺得好像會有什麼不好的事發生在母親身上，他想呼喚母親，卻又不敢靠近。每次只要母親坐在鏡台前的時間越久，他就覺得母親離自己越來越遠。所以他討厭化妝的母親。他害怕化妝的母親。

不久之後母親跟男人跑了。

那一年原田十一歲。

決定第二次住院時，妻子自己提議要住進安寧病房。從她的話語，不難得知妻子很清楚自己的病情。不做任何延長壽命的醫療行為是妻子的希望，原田所能做的就是答應她的要求。

就原田所見，妻子可說是認命地迎接著大限的到來。沒有因爲害怕而精神錯亂，也決不抱怨和訴苦。妻子平靜得不禁令人懷疑她究竟將恐懼藏在身體哪裡。

可是原田無法直接面對妻子的沉穩，應對之間總顯得冷淡。他無法直視妻子安靜而清澄的雙眼，只好眺望窗外的庭院。原田沒有辦法，他害怕看著妻子逐漸變成人類以外的東西，變成原田始終無法觸及的乾淨無垢的東西。

暑熱過後，妻子開始有時會陷入昏睡狀態。慘白的臉色失去表情，有時還會忘記呼吸，病房裡瀰漫著一股難以言喻的靜謐。女兒整天在妻子身邊哭泣。呼喚「媽媽」的聲音撞擊在白色牆壁上又彈落下來。妻子如今望著彼岸，心中在想些什麼呢？此時原田才開始正式面對妻子的容顏。

秋天的第一個滿月夜，妻子過世了。

雖然早有心理準備，但一時之間還是無法正視妻子安詳的遺容和接受此一事實。在葬儀社的車子到達之前，原田就像洩了氣一樣坐在病床旁邊。

在妻子斷氣之前一直哭泣的女兒，如今已抹去淚水，輕撫著母親的頭髮說：「還好沒有受太多病苦呀。」

「嗯，妳說的對。」

「我一直以爲死是很不得了的。不，死亡的確是很不得了的事，可是像這樣看著媽，與其說她去了遙遠陌生的地方，我反而覺得那地方其實離我們很近。」

「是嗎。」

「就好像廣告傳單的正反兩面一樣。儘管表面印了一堆亂七八糟的文字，翻過來卻是一片空白。同樣是一張紙卻完全不同，完全不同卻是同一張紙。」

女兒試圖用自己的方式接受母親的死。

隔天，在開始守靈儀式之前，女兒突然提出了留學的打算。

現在就讀的大學姊妹校在英國，上個月她通過了該校的入學考。

「我可以去嗎？」表面上是懇求允許的語氣，卻能讀出她勢在必行的決心。瞬間原田覺得女兒的臉和妻子重疊在一起。

「妳不是已經決定好了嗎?」

女兒點點頭。既然想去，不管是英國還是哪裡就去吧！畢竟女孩子終究也是要離開家門的。只不過是提早了幾年罷了，無所謂，隨女兒高興吧。

公司的高級主管也現身在守靈席上，還送來許多花圈，妝點得十分熱鬧。

近藤那些老朋友也趕來燒香，每個人開口第一句都對事出突然表達驚訝之意。原田冷靜地一一應對，善盡身爲喪主的職責。

第二次的誦經結束，人群逐漸散去之際，笹倉也趕來了。

「對不起，因爲有事沒辦法離開，拖到這個時間才來。」

從他一身起皺的服裝，也看得出是匆促趕來的樣子。

「你能來就夠了。」

笹倉立即站在祭壇前燒香，並向妻子的遺照一鞠躬後，馬上回到原田身邊，臉上帶著困惑的表情。

「聽到消息，我眞的是太吃驚了。沒想到大嫂會發生這種事。」

「大約半年前就被宣告罹患癌症了。」

「是嗎?可是你什麼都沒有說。」

「我並沒有意思瞞著不說。」

「大嫂眞的待我很好。常常送吃的和日用品來，對我幫助不小。我很感謝她。」

「是嗎。」

「眞是遺憾。」

原田從上衣口袋掏出香菸點燃。並請笹倉用，笹倉抽出了一根。

「早上接到林的連絡時，我覺得很奇怪。」笹倉邊點菸邊說：「事實上昨晚我夢到了大嫂。」

原田不禁抬起了臉。

「她很難得地化了很漂亮的妝。紅色口紅很適合她。我問她說打扮這麼漂亮要去哪裡？她只是笑著沒有回答。」

原田慢慢地將身體轉向祭壇。照片中的妻子臉頰還很豐潤。

「那個夢代表什麼呢？難道就是所謂的第六感嗎？」

原來是這樣呀？原田在口中低喃。原來她想要口紅竟是爲了這個嗎？爲了塗上口紅，最後好去見笹倉嗎？

是嗎？眞是這樣嗎？

照片中的妻子一臉笑容。那笑容逐漸地暈開，逐漸遠去。

妻子在看著什麼呢？妻子知道了什麼嗎？二十年的歲月，究竟留給妻子和自己什麼了呢？

一種說是後悔顯得太沉重的苦痛束縛著全身。原田的手在顫抖、肩膀在顫抖、全身也跟著顫抖。這時他才開始失聲痛哭。

夜的味道

任何一種花都呈現淫靡的造型，尤其是蘭花類就讓人直接聯想到女人的性器。淡綠色的花萼上密布著鮮豔的紅褐色斑點，突出的花朵裂成三瓣，正中央的花瓣擴展如扇狀，上面爬滿了紫紅色的細脈。

看到幹子鼻子湊近蘭花聞的樣子，老實說井澤感覺很不舒服。對幹子而言或許是毫無意義的動作，看在井澤眼中則是很猥褻的行爲。

幹子回過頭來說：「這蘭花叫做軛瓣蘭（Zygopetalum mackayi）耶！」

「哦。」

「很漂亮吧？」

「是呀。」

井澤點了點頭，但內心認爲與其說是漂亮，倒覺得這種花太直接露骨，顯得不夠含蓄。腦海中浮現了昨晚窺探幹子兩腿之間的影像。那地方絕對稱不上美麗，跟其他人的也大同小異，但自己爲什麼對那地方就是那麼感興趣？想看，看了就覺得安心。似乎男人都有同樣的心態。

幹子再次將臉湊近了蘭花。由於身體前傾，脖子後面的頭髮分成兩邊，露出了細長的頸背。

「我們買一盆吧？」

井澤迅速瞄了一下價錢，跟一捧花束不相上下。

「妳想買，那我買一盆送妳囉。」

幹子驚訝地回過頭問：「可以嗎？」

「當做紀念嘛。」說完，井澤為自己說的話難為情了起來。究竟要紀念什麼呢？做愛的紀念嗎？

昨晚井澤第一次和幹子上飯店，兩人的第一次做愛也是發生在昨夜。

幹子是晚他五年的大學學妹。

由於她是在井澤畢業後第二年才入學，兩人沒有碰過面。直到三個月前舉辦的校友會彼此才認識。

她長得並不漂亮，甚至可說是樸素平實，但端正小巧的五官給人一種柔和的氣氛。加上髮型和服裝的品味高雅，男性關係不太複雜的樣子也讓井澤留下了好印象。

幹子是和名叫茉莉繪的朋友一起參加聚會的。茉莉繪和幹子恰成對比，是個十分能滿足男人視覺的女人。穿著突顯身材曲線的緊身毛衣，和一坐下就露出半條大腿的裙子。她有著美麗的胸部和長腿，自然會想展露性感。說話態度爽朗，和井澤進行簡短的交談時視線也顯得自然大方。

若是過去的自己，肯定會開始搭訕茉莉繪吧。

一如大多數男人，有段時期井澤選擇女人的標準在於帶出去時夠不夠體面。井澤自己也經常跟在那種女人的屁股後面打轉，拚命想邀對方上床。

但可以了，他已經玩夠了。如今有一半的女人都變成那種女人，一點也不稀奇了。對現在的井澤而言，像幹子那樣的女人反而顯得新鮮有趣。

認識後第二天井澤便打電話給她，約好三天後一起吃飯。幹子在電話裡先是發出略帶困惑的聲音，最後還是答應了。

約她上飯店則是花了三個月。

要先說清楚的是，井澤並非迷上對方。而今對於性愛，他不想表現的太過猴急。想找上床的對象，隨便哪裡都有。明年自己就三十歲，該開始爲將來打算了。所以他想先好好觀察幹子這個女人，上床的事以後再說。

幹子個性柔順、頭腦聰明、細膩貼心。喜歡做菜，身心健康。而井澤最欣賞她的一點就是不太強調自己的主張。

感覺還不錯，但也許撿到的便宜沒好貨。接下來帶她回家跟父母見面、介紹給上司們認識應該沒問題吧？

井澤就某個意義來說內心已作了決定，而昨晚的表現正代表了他的決心。

幹子很慎重地抱著花盆說：「好高興喲，我會好好照顧的。」

昨夜的吻痕還留在她那被襯衫輕柔包覆的乳房上吧？

已經是接近中午的時間了。兩人很晚才在飯店用過早餐，所以並不覺得餓。雖然井澤很想一個人回到自己的屋裡休息，但基於禮貌還是開口邀約：「要不要上去喝個茶什麼的呢？」

幹子顯得有些過意不去地聳聳肩說：「我跟茉莉繪約好了。」

「是嗎？」

「不好意思。」

眞是奇妙。明明希望對方拒絕受邀，等到成了事實卻又感到十分遺憾。

「沒關係的，我再打電話給妳。」

「嗯。」

結果井澤送幹子到電車站的剪票口後才離去。

星期天的電車很空。

隨著車身搖晃，井澤回想起昨夜的情景。

「幹子當然已非處女之身，但似乎經歷過的男人也沒有很多。老實說，我甚至驚訝地覺得她對男女情事竟是如此笨拙。如果那是演技就很可怕了，當我推開她的雙腿準備插入時，她顯得相當緊張。說不定是因爲她覺得疼痛。可是愛的前戲，我可是一點也沒有馬虎呀；何況自己也不是那種霸王硬上弓的野蠻男人。換句話說，她的私處有很長一段時間沒有接觸過男人了。

因爲是第一次同床共枕，我不敢斷言；也許幹子對性的態度比較淡泊吧。其實這也不壞。雖然女人對性的態度奔放我無所謂，但如果表現得貪婪無度就令人興味索然。女人不斷要求做這做那、甚至箇中老手似地改變體位，會讓男人瞬間軟掉的。

結果那種女人就跟性冷感一樣，會讓男人敬而遠之。現在的社會多的是那種女人！

幹子不油不膩觸感清爽的肌膚和正好容我手握的嬌小乳房，也完全符合自己目前的喜好。」

常言道：男女之間的性愛，重要的是能否搭配；但老實說井澤自己也搞不清楚。

井澤無法跟生理上難以接受的女性做愛；如果能有好感，自然會做得愉快舒服。一旦感情的熱度降低，性愛也跟著索然無味。自己固然喜歡性愛，但並非只重性愛。井澤只喜歡跟心儀的女性做愛。

話說回來，他有個朋友娶了號稱是「名器」的女人爲妻。剛開始朋友很自以爲傲，說實在的，井澤也有些羨慕。可是過了一陣子後，朋友常常一副疲憊不堪的表情喃喃自語：「沒有比妻子更好的性愛對象，這算是幸運嗎？」

井澤倒也不希求名器，那就像是每天吃大魚大肉一樣。反正自己也喜歡幹子，現在兩人之間也許有些生疏，假以時日彼此的性器自然能記憶對方的凹凸，直到服貼吻合吧。

走進約好見面的咖啡廳裡，井澤驚訝地發現坐在幹子旁邊的茉莉繪。

「你好。」茉莉繪的眼睛黑白分明，笑容中透露出些許的挑逗意味。一如上次見到的一樣，她還是穿著緊身衣物。井澤的視線不由自主地瞄向她的胸部，連忙又收了回來。

「妳好。」井澤說。

「我們剛剛一起去買東西。」幹子忙著解釋，茉莉繪接著說下去：「然後我就順便跟過來了，這樣會打擾你們嗎？」

「不會，哪裡的話。」井澤表現得很大方。

雖然內心不無「眞是麻煩」的想法，但畢竟茉莉繪人長得漂亮，偶爾一起倒也不壞。

結果決定三個人一起用餐。想吃什麼呢？井澤開口問。幹子回答「都好」，茉莉繪則是立刻提議「吃甜不辣」。

「可是不要關東煮，要高湯很鮮美的關西口味。」

最後便依茉莉繪的提議。

三人搭計程車來到淺草一家熟識的店。他們坐在餐台角落的位置，依序是井澤、幹子和茉莉繪。

茉莉繪能吃能喝也很愛說話。果不期然，她是個話題完全以自己爲主的女人。

三人的對話幾乎都是由茉莉繪所主導。井澤的出身地、工作內容、假日時的休閒、甚至連穿的是四角還是三角內褲都被打破沙鍋問到底。井澤一邊敷衍回答，一邊將魚板、蘿蔔塞進嘴裡。

幹子起身上化妝室時，茉莉繪彷彿迫不及待地用微醺的眼眸，將身體靠向井澤。

「上一次你和幹子做了那回事吧？」

猛然被這麼直接一問，害得井澤差點被水調日本燒酒給嗆到了。

「怎麼樣呢？」

井澤有些錯愕地反問：「妳們女生在一起會聊這種事嗎？」

「不行嗎？」

「不是不行，而是我無法理解。」

「這種事也不是跟誰都能說的。應該說我和幹子的交情好到足以談論這種事吧。」

「這樣我還是不能接受。我尤其難以理解的是，妳居然跟我提起她告訴妳的事實！」

茉莉繪似乎沒有發覺井澤略帶保留性的批判，還是說她其實已經發覺卻故意裝做不知道地繼續追問：「結果到底怎麼樣嘛？」

井澤幾乎想大叫。

「如果妳那麼想知道，就去問她呀！」

「我當然問過了。」

儘管告訴自己沒問題，心頭還是一震。自認爲絲毫沒有馬虎，但不知幹子如何對茉莉繪描述兩人之間的性愛？

正猶豫要不要問對方這一點，茉莉繪已經將嘴湊近他的耳邊。

「你知道幹子最敏感的部位嗎？」

又是一個讓井澤無言以對的問題。

「是腋下啦。一開始會覺得很癢，忍耐過了，就會覺得舒服得不得了。」

井澤慢慢地看著茉莉繪的臉。她翹起嘴唇，強忍著笑意。看來是在作弄井澤。面對如此惡質的玩笑，井澤驚訝地不知該說些什麼才好。

就在這個時候，幹子從化妝室回來了。

她似乎對井澤和茉莉繪的樣子感覺不到任何異狀。

「茉莉繪，妳待會應該有活動吧？」幹子的語氣有些強硬。

茉莉繪表情有些不快地瞪著幹子，但立刻便聳聳肩膀，拿起了自己的皮包說：「好啦好啦，我人消失就是了。謝謝招待，咱們也許後會有期，到時候請多指教囉。」

茉莉繪將手放在井澤肩上，露出不在意的笑容離去。

目送著她離去的背影，幹子輕輕地嘆了一口氣。

「對不起，茉莉繪人是不錯，可是和人交往一向很本位主義。」

「沒關係的，妳不用介意。」

「她有沒有說些什麼奇怪的話？」

「沒有呀，什麼都沒有。」井澤回答的同時，內心則有些後悔剛剛爲什麼沒有問出幹子是如何談論兩人之間的性愛。

那一夜，兩人去了賓館。

一邊解開幹子的胸罩掛勾，井澤想起了茉莉繪說的話。是腋下啦。幹子最敏感的部位。

舌吻之後，井澤用右手將幹子的雙手往頭上抬，並交叉按住手腕。然後將臉湊近腋下舔舐。感覺有一股淡淡的、和那蘭花類似的酸甜氣息。果然幹子剛開始覺得很癢，一旦井澤堅持不放，她的喘息也跟著起了變化。變得斷斷續續且有時會停下來。從嘴唇吐露出來的呻吟聲，也有著不同於以往的滿足感。井澤繼續舔著她的腋下，另一隻手滑進了她的私處。意外的是，那裡已然十分濡濕。

兩人的關係一如雨水滋潤乾硬的土壤一樣，日益交融。

他們已不再上賓館了。井澤周末大多留宿在幹子的住處。

第一次來到幹子的房間時，老實說他嚇了一跳。房間裡到處都是盆栽的蘭花。約五坪大的房間裡，大概有三十盆的蘭花吧。

「你看，這是你買給我的軛瓣蘭。那是萬蛛蘭，這是章魚蘭，然後是東亞蘭。拖鞋蘭常見，你應該認識吧？」像是在介紹家人般地，幹子一一說明每個盆花。

「好厲害呀。」井澤根本搞不清楚狀況，只覺得敗給了她。近來常常動不動就有這種感覺。

「你會覺得我很怪嗎？」

「不會呀，不過……蘭花應該很貴吧？」

「貴的當然很貴，只是我這裡有的都是街頭花店賣的一般品種。」

「種這麼多，照顧起來應該很累人吧？」

「雖然要花很多功夫，可是我就只有這項興趣嘛。」

其實當做是收集名牌貨來看，她的園藝愛好就如同走在流行的延長線上，沒什麼好大驚小怪的。

井澤的母親也喜歡蒔花弄草，哪一天帶幹子回去時，園藝應該能成爲兩人之間很好的話題吧。

當晚和幹子一開始做愛，整個房間裡便充滿了蘭花濃郁的香氣。好像蘭花早已期待兩人的性愛儀式似的。在那擁有獨特質感的醉人芳香中，他和幹子的肉體忽上忽下，時而翻轉時而蜷縮。

在做愛的過程中，井澤始終有種奇妙的感覺。彷彿充滿蘭花氣息的房間變成了女性性器，將井澤的身體整個吞嚥下去。

井澤有點控制不住地異常興奮，射精也激烈了許多。

茉莉繪打來了電話。

「你很驚訝嗎？」對方問。井澤老實回答：「嗯，是很驚訝呀。」

「我想也是。」

「有什麼事嗎？」

「沒有什麼事啦。看來你跟幹子的感情還不錯嘛。」茉莉繪好像有點喝醉了。

「託妳的福。」

「我可以問你嗎？」故意多此一舉真是可笑。就算我說不行，這女人肯定還是會問的。

「幹子到底有什麼好嘛？」

「這個問題很難回答。」

「告訴我！」

「她沒什麼好讓我嫌棄的，對於我而言這就足夠了。」

「說的眞好聽！對於幹子你又知道了些什麼？」

「老實說，我和她才認識不久，所以不知道的地方當然很多。」

「我想也是。」

「然而重要的不是知道多少，而是想了解對方的心情。我現在就很想多知道一些有關她的種種。」

茉莉繪沉默不語。

「我可以請教妳一個問題嗎？」

「什麼？」

「妳是支持我和幹子的交往呢？還是心存忌妒呢？」

經過短暫的沉默之後，茉莉繪語氣僵硬地低喃：「你不要太得意忘形！」

掛上電話，井澤默默地望著牆壁好一陣子。她到底打電話來是爲了什麼？眞是莫名其妙。

茉莉繪來電一事，井澤沒有告訴幹子。一方面覺得也沒什麼，反倒是怕說了徒增麻煩。

可是之後茉莉繪卻經常來電。一開始沒有告知的井澤，結果至今反而不好跟幹子再提起。如此一來，本以爲沒什麼的舉動，竟開始變得有些意義了。

井澤當然不會笨到以爲茉莉繪來電是因爲她對自己有好感。但儘管對女人心理不很精通，多少也能察覺茉莉繪心意的轉變。

茉莉繪大概覺得很不滿吧！爲什麼井澤看上的不是自己而是幹子呢？因爲被那種女人搶得先機，茉莉繪馬上就搬出自尊心自我保護。看在井澤眼裡，只覺得不過就是虛榮心罷了，不透過某種形式讓自己接受，茉莉繪是不會甘心的。

井澤或許對女人不甚了解，卻也還不至於上了茉莉繪的當。

井澤和幹子相處得還算不錯。

什麼叫做「還算不錯」呢？眞要問起來還很難回答。總之井澤可以在幹子面前放屁；幹子和井澤在一起時，經常是素著一張沒有化妝的臉。

目前，井澤對幹子沒有任何的不滿。照這種情形繼續交往下去的話，不久的將來就能帶回鄉下給父母看了。

然而井澤發現自己在和幹子做愛的時候，有時腦海會浮現茉莉繪的身影。

明知道她那緊身毛衣撐起的豐滿胸部和包覆著柔膩脂肪的大腿只是一種賣弄，但閉上眼睛，片段的畫面就會不時浮現眼簾。尤其難堪的是，井澤的陰莖對那畫面的反應很靈敏。和幹子之間的相處融洽與平淡無趣只有一線之隔，這讓井澤開始動搖。井澤一方面對幹子心滿意足，另一方面在腦海角落卻探索著茉莉繪的身影。儘管擔心長此以往恐怕會出現問題，自己竟也無能爲力斷然拒絕接聽茉莉繪的電話。

今夜電話鈴聲又開始響起。

井澤轉過頭去看著昆蟲造型的電話機。

是幹子打來的還是茉莉繪呢？

我期待的是兩人之中的誰呢？

「最近有和茉莉繪見面嗎？」井澤問得很謹慎，就怕被認爲太唐突。

但似乎還是顯得唐突。抱在懷中的幹子身體有點起疑地僵硬了。

「爲什麼要這麼問？」

「沒什麼呀，只是想說妳最近好像都沒有提到茉莉繪的話題。」

「的確我們最近是不像以前見面得那麼頻繁。」幹子說完抬起頭來，露出狐疑的目光。

井澤有些慌張。

「眞的啦，我沒有別的意思，只是隨口問問。」

「茉莉繪有跟你說過什麼嗎？」

「說過什麼？什麼意思？」

井澤用反問搪塞回去。

幹子輕嘆一口氣後說：「我和茉莉繪從高中就在一起，已經有十年的交情了。我想我們應該比任何人都還了解彼此吧。」

「妳們的感情眞好。可是對於女生的友情，男生還是有些難以理解。不過這種事也輪不到外人說東道西的。」

幹子的眼光低垂。

「我們的關係或許跟你所想的友情有些不一樣吧。」

井澤凝視著幹子的表情。

光鮮亮麗引人注目的女人和含蓄內斂安靜沉穩的女人。兩者之間結果或許就是一種從屬關係吧，井澤心想。茉莉繪因爲對幹子有優越感才能心安，幹子則是透過茉莉繪來彌補自己的不足。

女人其實是最不相信女人的生物了。

茉莉繪之後依然持續來電。

當然從來不是爲了什麼正事。

井澤每次都準備以「我很困擾」作爲開場白，卻始終無法說出口。

隨著電話次數的增多，一開始自認爲是被害人的井澤，逐漸發現自己或許應該算是共犯而感到內心焦躁不安。

茉莉繪通常只是說些不知道算是抱怨還是諷刺的無聊話語，她其實想問的最後還是那件事。

「你說嘛，怎麼樣呢？還可以嗎？幹子有感覺嗎？」

結果井澤還是得老實回答。

「很好呀，她很有感覺呀。」

硬要挖出這種答案的人是茉莉繪自己，她卻顯露不快，並拋下狠話說：「你不要太得意忘形了！」

這種戲碼每天晚上都要重複一次，也難怪井澤會做出這種結論。

難道茉莉繪喜歡上我了嗎？

下起雨了。

綿細濕冷的雨。

雖然窗戶關著，雨氣還是有辦法滲入，濡濕了整個屋裡。

南國花朵似乎也感受到了，更加開展厚實的花瓣，相對地花香也更濃郁。

做完愛，井澤茫然地聽著幹子的呼吸聲。除此之外什麼都聽不見，一如靜謐完全被封鎖在這房間之中一樣。

門鈴響起是在意識朦朧即將進入佳境之前。

井澤張開了眼睛，幹子卻動也不動。還以爲她睡著了，其實眼睛凝視著半空中。

「妳不去應門嗎？」

「嗯。」

「爲什麼？」

「沒關係，不用理會。」

「妳知道是誰嗎？」

「茉莉繪呀，因爲我跟她說過你今晚會來。眞是的，簡直有病嘛！」

井澤的睡意一下子就煙消雲散。沒想到茉莉繪居然會殺上門來。的確井澤和茉莉繪有電話往來，這件事他沒有讓幹子知道；但也僅止於此呀。他既沒有單獨跟茉莉繪見面，自然也就不會發展出其他關係了。

門鈴依然不停響著。眞不希望橫生事端。

「還是我去應門吧。」井澤認爲這麼做最好，於是坐起了身子。

「不，我去。」

幹子動作迅速地下床，直接將襯衫和裙子穿在裸身上。留下來的井澤心想這下可糟了！但自己也無能爲力。總之他決定先穿上衣服再說。

打開臥室房門時，幹子和茉莉繪已怒火相向。

茉莉繪對著剛出現的井澤投以意志強烈的視線。

「爲什麼？」茉莉繪大叫：「爲什麼我就不行？」

猛然被這麼一問，完全沒有料到對方會在這種情況下表露情思，井澤完全不知所措。

我該怎麼處理才好？該怎麼處理才不會傷害到幹子和茉莉繪呢？

混亂、困惑和些許的驕傲讓他手忙腳亂了起來。

正考慮該說什麼話時，只見茉莉繪的視線從井澤慢慢滑向了幹子。

「幹子，這個男人有哪裡好嘛，妳說！事到如今又何必裝成跟一般女人一樣呢？能讓幹子感覺爽得要死的人只有我呀，不是嗎？幹子和這個男人睡過之後應該也很了解才對呀。」

茉莉繪在說些什麼，井澤一時之間無法理解。只覺得包含自己，這房間裡的所有東西都在瞬間停止了呼吸一樣。

「沒有了我，妳肯定不行。不論是幹子的人還是肉體，沒有我就不行！」

「別說了！」幹子開口阻止，聲音卻軟弱無力。

「妳不要再說了。」幹子雙腿一軟，跌坐在地板上。

井澤精神恍惚地看著她們倆。他很想說些話，聲音卻哽在喉嚨深處發不出來。

他還需要一點時間才能完全理解幹子和茉莉繪這段對話的意義。

唯一很清楚的是，目前必須離開這個房間的人，不是別人正是他自己。

井澤默默地往床邊移動。

剛才自己的背部始終被這房間裡的女性性器盯著，井澤很強烈地感受到這一點。

突然間花香似乎又更濃烈了，井澤忍不住想嘔吐。

最後的季節

正在讀體育報時，突然發現眼前坐著一個像是高中生的女孩而嚇了一跳。

下午三點的咖啡廳。距離四谷車站稍微有點距離的這家店，一旦過了午餐時間客人就急遽減少，氣氛變得很安靜。自從杉浦換了單位後，便經常來這裡。

女孩坐在桌子的那一頭看著杉浦。一副等著杉浦說話的樣子，表情顯得有些困惑。

誰呀？這女孩。

身上穿著好像在哪裡看過的藍色運動外套和百褶裙。跟喜歡在澀谷一帶壓馬路的現代高中女生不太一樣。

「請問……有什麼事嗎？」杉浦開口問。

女孩好像抓不住詢問的意義，眼睛眨了兩三下。

「剛剛在電話裡……」

「嗄？」

「我是說我們在電話裡……」

一旦發現無法溝通，女孩輕浮地發出一聲「什麼嘛」站了起來，然後無視於一臉錯愕的杉浦轉過身去。轉身時杉浦不經意地看見她的百褶裙飄揚起，露出了大腿內側的白色肌膚。

年輕華美的肌膚，看起來是那麼耀眼奪目！杉浦趕緊將視線移開。

店裡面還有一名女性客人和兩位坐在一起的老年人。結果女孩沒有走向那兩桌，而是坐進更裡面的位置。杉浦一邊豎起左耳聽見女孩向前來詢問的服務生點了「奶茶」，一邊繼續看著報紙。

過了一會兒，出現一名男子。三十出頭的上班族，穿著流行的雙排釦灰色西裝。近來的年輕人多半都是穿著那種西裝。

杉浦從手上報紙的縫隙窺探他們倆的動向。他發現男人手上也跟自己一樣拿著相同的報紙，這才恍然大悟，難怪女孩會弄錯人。

男人點了咖啡，和女孩聊天。高中女孩的神情看起來既不緊張，也不害怕，卻也不會顯得大膽開放或極盡諂媚的樣子，就是一派的自然。兩人之間也看不出興奮或是尷尬的交談氣氛。該不會他們早已認識？不可能，兩人應該是第一次見面才對。剛剛認錯我就是證明。

咖啡送上來後，兩人坐不到十分鐘便一同起身離去。杉浦將視線移回報紙。

原來如此。這就是所謂的援助交際呀！

杉浦不禁嘆了一口氣。就連那種普通的高中女生也開始做起賣春的勾當，真是到了世界末日。杉浦口中喃喃自語。可是想起剛剛瞬間目擊到女孩大腿之間白皙的肌膚，不免覺得帶走女孩的男人有些可恨。

杉浦在咖啡廳消磨約一個小時後，才回到辦公室。辦公桌上什麼都沒有。以前只要稍微離開座位，桌上就會到處貼滿留言的字條。服務於中型貿易公司，主要負責木材進出口業務的杉浦對於一路走來所建立的績效十分自豪。然而三個月前突然被轉調到資料室當室長。

這是個閒差事，一眼就能看得出來他被左遷了。前任室長也被要求回家半年等待通知，結果一個月後就被迫退休了。

杉浦也知道經濟不景氣。公司連續三年結算都是赤字，財務評等也落後許多。可是經營出現赤字又不是自己的責任，都怪和貿易業務毫無直接關係的胡亂投資出了問題！那些難道不應該怪高級主管嗎？爲什麼自己要受到這種懲處呢？

那個時候被常務董事叫去時，他是這麼說的：「請你忍耐一下吧！爲了公司重整，這是沒有辦法的。我知道你心中有許多不滿，但是現在這種時期，所有員工只有團結一致才能度過不景氣的難關。畢竟公司倒了，大家也跟著完蛋，不是嗎？反正就只有一段時間，不用擔心啦。我一定會讓你回來的，我保證。所以請你多多擔待。」

這些話其實正是自己常說的台詞。不知道有多少員工在杉浦的這些話下被迫裁員或提早退休！

同情是禁忌。管你是剛結婚、房子還有貸款要繳、小孩子需要教育費用還是老人需要看護費用，跟公司都沒有關係。公司政策不會因個人的感情或狀況而轉變。這是公司爲了存活必須採取的手段。公司已經沒有能力繼續付薪水給沒有貢獻的員工了。基於這種想法，杉浦才能毅然決然和那些員工切斷關係，而且心中不會感到有所愧疚。

然而事到如今，他卻萬萬沒有料到自己也變成了沒有貢獻的員工！

五點一到工作便結束。說是工作結束，根本也沒有任何業務好做，不過是等下班時間的到來罷了。可是杉浦卻無法五點就回家。與其說是因爲白天整天不在座位上，哪裡好意思再準時下班；仔細想想其理由倒也好笑，因爲他還不習慣天色沒暗就能回家的事實。但說穿了，其實還有別的理由，他是想表現出自己對公司還有貢獻的樣子。說不定高級主管的眼睛隨時都在看著他！儘管心裡明白調到資料室的下場會是如何，還是忍不住抱著一絲的期待。

杉浦之外，其他的六位同事，也跟他一樣都是被左遷，隨時都有可能被告知回家等待消息的命運。他們似乎早已經接受現況，毫不猶豫地起身下班。

杉浦在沒有其他人的辦公室裡，旋轉椅子，望著窗外發呆。西下的夕陽如火燒般染紅了水泥牆。今天的天氣也很熱。雨下的時間不長，行道樹和滿布塵土的樹葉都顯得疲憊不堪。

沒想到「無所事事」竟然會是如此殘酷的打擊。頭腦停止思考，感覺自己就快要變成一走路就會跌倒的老人一樣。開什麼玩笑！杉浦用力咬著嘴唇心想：自己才四十七歲，正值衝事業的壯年不是嗎！

五點半了。好安靜呀。辦公室前面幾乎沒有任何員工經過。

有時候他會如此想像。突然高級主管推開門進來說：「這件事沒有你不行，趕快回來工作。」或是電話鈴聲大作，以前的部下打來哭訴：「其他主管根本是狀況外，杉浦次長請下指示吧！」

事實上調職到這裡的三個月以來，辦公室的門從來沒被推開過，電話鈴聲也沒有響過。曾經信賴過他的上司和他所信賴的部下們，也都像是說好一般地在杉浦周遭消失殆盡。

六點了。杉浦離開座位。站起身後，他想今天是星期幾呢？星期三吧？這個禮拜再過兩天就結束了。

周末，杉浦在家裡閒晃，他很清楚這樣會讓妻子的情緒焦躁。

可是心裡明白也無能爲力。因爲他實在沒有其他事情好做，他也沒有辦法呀。

從前不是打高爾夫就是出差，幾乎每個禮拜都不在家。結婚以來，都是這個樣子，家裡的事完全交給妻子打理。不管是教養女兒還是照顧母親，都是妻子的工作。杉浦不是不知道妻子心中有所不滿，但那是他們結婚時就說好的。先生外出工作，妻子守護家庭。當時妻子不也希望成爲家庭主婦嗎？又不是杉浦違反了當初的約定。

一開始嘴裡還會抱怨的妻子，不知從何時起也不再說話了。因爲母親過世，獨生女夏美開始就讀小學，妻子到位於東銀座的一家餐具店工作。大概是因爲個性適合接待客戶，十年來她由兼職人員升爲正式員工，目前已經擁有主任的頭銜。妻子說要外出工作時，杉浦一點也沒有抗拒感。他想只要妻子能夠高高興興地做好家事和教養女兒也無所謂。

躺在客廳看電視時，杉浦可以感受到正在廚房收拾早餐善後的妻子，背影所散發的不快之意。站在星期六也得上班的妻子立場來看，在家無所事事的丈夫除了打亂自己的生活步調外，根本可說是一無是處吧。

妳可以不用管我，趕快去上班呀！杉浦很想這麼說。整天面對臭著臉的妻子，自己也不好過。放我自己一個人過，我可以找麵包吃、看電視、睡午覺、喝啤酒。根本不用管我！

公寓的房屋貸款還剩十年。本來是預定在退休的六十歲那年繳清。就算調了職位，薪水還是一樣，只是津貼減少，可以使用的經費也縮小，所以目前的實質薪水縮至原來的三分之二。女兒夏美一年後就要考大學，而今妻子的薪水成了生活中不可或缺的經濟來源。

妻子從臥室走出來，身上穿著亮麗的橘色套裝。臉上化了妝，頭髮也梳理整齊，顯得十分漂亮。她一邊戴上耳環一邊說：「那我要出門上班了。」

「夏美呢？」

「早就去學校了。」

「是嗎？」

「今天可能會晚點回來，你們自己先吃晚飯，我已經做好放在冰箱裡了。」

「嗯。」

「拜託你好歹也把睡衣換掉、鬍子刮一刮好嗎？」

「噢，是嗎，說的也是。」杉浦眼睛看著電視畫面回答。又沒有要跟誰見面，到了晚上還不就是這身打扮跳進被窩裡，何必特意換掉睡衣、把鬍子刮乾淨呢？

「還有如果下雨了，曬的衣服麻煩你收進來。反正你今天整天都在家沒事做嘛。」

「嗯。」

對於妻子的諷刺會感到氣憤、焦躁，只有在最初的一個月。之後就像褪色般日漸感覺不痛不癢。妻子似乎還想說些什麼，但還是放棄走出了玄關。

杉浦閉上眼睛，他不是要睡覺。只是因爲沒有其他事可做。假日的時間就像被拉長似地走得很慢。不到下午，也沒有高爾夫球賽的節目可看。

大概是在不知不覺中睡著了。因爲門口有些聲響，杉浦睜開了眼睛。從沙發一起身，看見夏美一臉驚訝地站在他面前。

「怎麼，原來爸在家呀？」

「嗯。」

「討厭，怎麼穿這樣？丟臉死了。」夏美的眉頭顯示嫌惡的表情。

杉浦看了一下時鐘，才剛過兩點不久。這時後面突然冒出一個女孩子的臉向他低頭致意：「杉浦先生，打擾了。」

「哪裡，歡迎光臨。」

原來是朋友來了，難怪夏美會對父親的德行皺起眉頭。夏美將書包交給朋友說：「妳先去我的房間，我來拿些飲料。」

「好。」女孩點頭，轉過身去。

就在那一瞬間，杉浦的心頭激起一陣波濤洶湧。窺探到裙下雙腿間的白皙肌膚，喚起了他的記憶。她就是在咖啡廳看到的那個女孩。

女兒和朋友在家待了三十分鐘後便出門了。

兩人都換下制服，改穿便服。

那是露出肩膀、裙身很短的洋裝。看在杉浦眼中只覺得跟內衣沒什麼兩樣，但現在正流行吧？今年夏天到處都能看見這種打扮的女孩子充斥街頭。

該不會夏美也在做賣春的勾當吧？

杉浦靠在沙發椅上，望著天花板。一如其他父母一樣，都認爲自己的孩子與眾不同。何況到目前爲止也沒有看到女兒打扮嬌豔、晚上回來也不至於太晚。似乎也沒有什麼名牌商品。雖然有手機，但現在人人有手機已經成了常態呀。

倒是自己很粗心，沒有留意到當時那女孩穿的和夏美是相同的制服。

那女孩今天裝出很有禮貌的樣子，但她應該不適合作爲夏美交往的朋友吧？假如她眞有從事援助交際，說不定哪一天也會開口約夏美一起下海！要是發生那種狀況事情可就大條了。十幾歲的年輕人往往會因爲周遭朋友而改變生活。

到了七點還是沒有人回來。結果杉浦只好一個人吃晚飯。冰箱裡有燉好的蔬菜和可樂餅，放進微波爐熱一下就能吃。味噌湯是即時包，只需要用熱開水沖泡。

吃到一半時，夏美回來了。她到客廳露個臉，也不說聲「我回來了」，劈頭就問：「媽呢？」

「還沒回來。晚飯吃了沒？」

「我不用。」說完便轉身準備回房間。杉浦趕緊制止說：「夏美，今天和妳一起的是妳的朋友嗎？」

夏美回過頭反問：「怎麼了嗎？」

「她是什麼樣的朋友？」

「什麼樣的朋友？就是高中同學嘛。」

「她是誰家的小孩？叫什麼名字？」

「什麼呀，問這麼多幹什麼？」

自己的隱私一旦被介入，夏美立刻露出反抗的態度。小孩子說的是什麼話嘛！也不想想是靠誰的錢才能讀高中的。杉浦一時之間怒上心頭，但他知道現在發火也只會讓女兒變本加厲。

「難道是不便透露身分的同學嗎？」

「不要亂說啦，人家是好孩子。個性很乖，不會亂七八糟的。國中的時候她爸爸離家出走了，可是她和她媽媽卻相互扶持走了過來。而且優佳莉的功課也比我好。」

「所以她叫做優佳莉囉？」

「對呀，藤澤優佳莉。」

一聽到這名字，一種伴隨痛楚的聲響在心頭蕩開。彷彿喚起了某種回憶，卻又說不出所以然來。

「我可以離開了嗎？」

「嗯。」杉浦發出若有所失的聲音答應後，趕緊又叫住女兒：「夏美，我們多聊一下吧！」

夏美一臉驚訝地回過頭說：「聊天？有什麼好聊的？」

「隨便呀，先坐下再說。」杉浦用下巴指著自己對面的餐椅。夏美則是渾身戒備地依然站在門邊。

「其實也沒有特別要聊些什麼。只是過去爸爸一直都很忙，沒有機會和夏美好好說話。關於妳在學校的生活、將來的升學計畫等，爸爸也想多知道一點。」

夏美靠在門邊說：「算了吧，不知道也無所謂呀。反正我多少都會跟媽媽說的。」

「話不是這麼說的吧！」

「我都說無所謂了。」

「可是……」

夏美開始表示出明確的反抗意志說：「夠了，事到如今才說這些，我也覺得很困擾。不要因爲你現在有空了，就把精神轉到我這邊來。你是你，做你愛做的事情不就好了嗎！」

什麼？居然對著爸爸直呼你？杉浦吃驚地重新看著夏美。可是夏美似乎對自己的用詞沒有什麼感覺，而是很自然地說出了口。杉浦正打算要告誡女兒這種第三人稱是對外人用的，突然間心生懷疑地想到：過去夏美一向都是如何稱呼我的呢？「爸爸」嗎？不對，我好像沒有這種印象。小學低年級的時候，她倒是都喊我「把拔」。之後呢……杉浦不禁啞口無聲。因爲他發現女兒已經有很長一段時間都沒有正式稱呼他爸爸了。

「夏美妳……」

可當他抬頭一看，女兒的身影早已消失無蹤了。

妻子回到家已是十點過後。

剛好是杉浦洗澡的時候，當他走出浴室時，聽見客廳傳來笑聲。探頭一看，看見妻子和夏美正在一起吃飯。一看到杉浦，妻子只簡短說聲「我回來了」，母女倆便都噤口不言。

杉浦原想看電視的，先是坐在沙發椅上，但因爲感受兩人無言的壓力而坐立難安，最後只好拿著報紙回到臥房，過了一會兒，客廳又傳來笑聲。杉浦不禁十分悵然，難道有我在就不能聊天嗎？兩人似乎無視於我的存在，眞是不愉快的感覺！

可是仔細想想，這種情況不是從很久以前就有了嗎？不管如何努力想像，腦海裡就是無法浮現一家三口在客廳和樂的景象。

心裡一邊想著這些，無所事事地窩在床上時，聽見說話聲從客廳往浴室移動。然後是放掉熱水的聲音。怎麼？不想泡澡呀？可是杉浦立即發覺自己猜錯了，因爲又響起了放洗澡水的聲音。一開始他以爲怎麼這麼浪費呢？接著才意識到原來她們是不想用我泡過的熱水洗澡！

杉浦終於發覺這個家庭似乎有什麼不太對勁。

直呼父親「你」的女兒。不願意泡同一缸洗澡水的家人。不知不覺之間，這個家庭的確有了某些變化。究竟發生了什麼變化呢？儘管想不出來，但一種可能已經來不及挽救的不安感，讓杉浦的背後浮現許多雞皮疙瘩。

杉浦突然想起來了。

坐在常去的那家咖啡廳。一邊讀著體育報一邊喝咖啡時。

那個女孩就是藤澤和夫的女兒。

過去曾經見過一次面。不對，正確說來，應該是杉浦曾經看過對方。還是國中生的她，身上帶著稚氣。她的母親嬌小柔弱，因爲不安而憔悴，兩人單薄的身影令人擔心她們會不會就這樣消失在人間。

藤澤和夫是被杉浦裁撤的員工。杉浦派遣他到外包的公司服務。地點距離他家，光是單趟車程就要將近兩個小時。當然目的是爲了逼對方辭職，卑劣的做法十分露骨。可是杉浦毫不同情對方。因爲身爲業務員的藤澤，實在很難說是有能力。推銷的手法很弱，說話技巧也不靈光。雖然不是什麼壞傢伙，只能說社會情勢越來越嚴峻已經無法讓這種人悠閒地工作了。

藤澤接受了外派的調職。結果才過一個月，他便突然消失蹤影。

不久之後，藤澤太太帶著女兒到公司商量。杉浦正好看見她們母女兩人走進會客室。藤澤太太的背影籠罩著一層不安氣息。杉浦固然覺得對方有個和夏美相同年紀的女兒很可憐，但問題在於藤澤是那種無能的男人，只能怪藤澤太太嫁錯了丈夫。

負責接待的是人事部的人。事後探聽商量的結果得知：公司於前三個月當做曠職處理，薪水照常給付；如果還是沒有來上班就只好辭退。聽說藤澤太太沒有異議，大概這筆退職金對她們母女而言是今後生活的必要支柱吧。三個月後，公司按照規定給付了退職金。

原來她就是那個時候的女孩。

杉浦閉上眼睛，靠在椅子上。

所以說三年之後的今天，藤澤依然沒有回家，母女倆依然相依爲命地過活呀！那個時候杉浦認爲裁撤藤澤是應該的。剛聽到他失蹤的消息時，也曾睡不好覺，但馬上心情就轉變了。當時的杉浦完全不覺得藤澤是個「被犧牲者」；如今自己也成了另一個「被犧牲者」。

藤澤和夫是個缺乏自信、膽小，但心地善良的男人。當時眞的應該將他列入裁撤的名單嗎？像他那樣的男人，儘管不夠突出，但眞的是對公司毫無貢獻的人嗎？不，問題是所謂對公司有所貢獻的定義是什麼？

忽然間一種揪住胸口的後悔感襲上心頭，杉浦抓緊了咖啡杯。

儘管深切感受到自己在家中的孤立，杉浦卻不知如何應對。

偶爾和夏美打上照面，女兒冷漠的眼光就像當他是沙發、櫃子等家具一樣。跟她說話，得到的也只有簡短回答，根本算不上是對話。心想至少還能一起坐在餐桌上，偏偏夏美幾乎不吃早餐就出門；晚飯就算一起坐在餐桌上吃，夏美的眼睛卻是盯著電視猛看，跟她說話也是有一搭沒一搭地回應。甚至如果妻子晚回家，女兒就絕對不肯跟杉浦一起用餐。爲什麼女兒會那麼討厭和父親接觸呢？杉浦當然覺得生氣，卻連如何表現出自己的怒氣也不知道。

好不容易下定決心將這件事告訴妻子，沒想到妻子的唇角浮現冷笑，斜著眼回答他說：「那是因爲最需要父親的時候你不在，所以當你有需要時，家人不在身邊也沒辦法吧！」

杉浦聽了無言以對。妻子似乎早已看穿杉浦假借關心女兒，其實想要藉此恢復自己在家中地位的如意算盤。如果杉浦就此罷手也還好，偏偏他仍企圖拉攏妻子來改變情勢，還在夜裡伸手向妻子求歡。距離上次的夫婦燕好已經好幾個月了，不，應該有一年以上了吧？

「不要碰我！」妻子低聲拒絕，意志卻很明確。冷酷的口氣就像是對電車中的色狼告誡一樣。

那一夜，杉浦始終無法入眠。孤獨、屈辱、憤怒和空虛等情緒交織翻騰，不斷壓迫著仰臥在床上的他的胸口。

要想從夏美的手機裡找出藤澤優佳莉的電話號碼，其實很容易。杉浦趁著夏美洗澡的時候，從她書包拿出手機，按下檢索鍵，藤澤優佳莉的名字立刻浮現在畫面上。

杉浦還沒想到查出電話號碼後要幹什麼。無庸置疑地他只是想讓夏美肯定他身爲父親的存在。既然藤澤優佳莉有帶壞夏美的可能性，自然就不能讓她跟女兒接近。

隔天在前往常去的咖啡廳路上，杉浦站在公共電話前。拿出記下電話號碼的紙條，開始撥號。心情很緊張。鈴聲響了四次後才接通。

「喂！」是那個女孩的聲音。

杉浦思考著該如何開口。

「喂！你是哪位？」

「嗯……我是……該怎麼說才好呢？」正找不到話接下去時，對方語氣開朗地反問：

「你該不會是電話留言的人吧？」

「嗯……」

「既然這樣，那就應該先說清楚嘛。」

「噢……嗯……」

「在咖啡廳純喝茶聊天是三千。吃飯要五千。陪你唱KTV是七千。當然都是以一個小時來算。超過以上的要求，則是看當場交涉來決定囉。」

杉浦愣住了。雖然早有心理準備，卻沒有想到這些話會從那個藤澤優佳莉的口中說出。

「怎麼樣？要不先喝個咖啡再說？」

杉浦握著話筒的手沁出了汗水。

「閉嘴！」

「嗄？」

「不要再做傻事了！妳知道自己在做什麼嗎？」

一陣沉默之後，話筒傳來嘲笑聲。

「我聽你胡說八道，跟個笨蛋似的！」說完電話也跟著掛斷了。

接到公司回家等候通知的命令和妻子要求離婚幾乎是同時。

應該說回家跟妻子報告得在家等候公司通知的消息時，妻子默不作聲一陣子後，抬起頭說：「請跟我離婚吧。」

杉浦當然很驚訝，可是覺得事到如今露出驚訝的神色反而有些不自然，只好曖昧地點頭說「是嗎」。結果妻子似乎以爲他答應了。

「那我明天就去區公所領協議書表格。」

杉浦感覺口渴，只好吞下口水。意外發出很大的聲響，傷了他的自尊心。妻子一旦提出離婚二字，就像吃了定心丸一樣，繼續用事務性的口吻說下去：「既然已經決定，就有許多事情得先商量清楚才行。」

杉浦伸出手準備拿香菸。伸至一半發現自己的手指微微顫抖，趕緊又縮了回來。

「關於夏美，應該可以交給我來撫養吧？」

「嗯。」

「這間房子怎麼處理呢？」

「說的也是。」

「要賣掉嗎？只是就算要賣，現在這種時局，價錢一定比當初買的要跌很多！」

聽她說話的口吻，就知道妻子早在離婚之前就已經做好模擬計畫了。

「妳們留下來住吧，我搬出去住。」

儘管內心動搖，嘴裡還是說出冷靜的話語。杉浦已經不知道哪個才是眞正的自己。別說了、開什麼玩笑。妳愛怎麼做就去做，我都無所謂。不同的想法在心中翻來覆去，和妻子的交涉也同時進行。

「可是要我繼續繳房貸就有困難了。」

「我可以領退職金。到時候全部給妳，應該夠繳房貸了。剩下的就當做是夏美的學費吧。」

「你要辭掉工作嗎？」一時之間，妻子臉上浮現陰暗的表情。

「我是有此打算。」

「工作辭掉，你要幹什麼？」

「我還沒想那麼多，不過應該沒問題吧。暫時還會有失業保險金可領。倒是關於贍養費、養育費……」

「既然你都辭掉工作，給我退職金和其他一切，我也不會再要求什麼。我和夏美兩個人應該足以生活了。」

「是嗎，眞是對不起。」

杉浦不知道自己爲什麼要道歉。就這樣他變得一文不名了。

這算什麼呢？

這就是二十五年公司生活和十九年婚姻生活的結局嗎？過往的歲月變成一片模糊流失在背後。結果錯的竟然都是我嗎？或許這麼想心裡還好過一些吧。

之後的一切幾乎是在無暇思考之中匆忙度過。

一個月後杉浦搬出了公寓。避開同一條電車沿線，租了一間屋子住。一看到這棟在公園附近、離商店街也只有五分鐘的距離、兩層樓的灰泥公寓，儘管年代已久，杉浦還是當下就決定承租。因爲很像他學生時代住過的破公寓，也十分符合他目前的心境。

請了專業的公司幫忙搬家。因爲沒有大型家具，只需要小貨車就足夠了。面對一臉明朗笑容的搬家公司年輕員工問說「單身赴任嗎」，杉浦只有點頭一笑。其實只要一到新的地點，對方就會知道答案了。

離開這個家時，難得妻子和夏美臉上多少有些緊張的神色。畢竟一家三口一起在這裡生活了十二年。不對，或許不能說是生活吧，他只是在這裡睡覺、吃飯、洗澡和看電視罷了。如今回想，這裡與其說是家庭，結果不過只是做以上那些行爲的場所而已吧。

「那我走了。」

「好。」妻子點點頭。不對，她已經不是我的妻子了。杉浦回頭看著夏美，夏美只是微微低著頭看著杉浦。

「好好保重！」

「嗯。」回答的聲音很小。杉浦看見女兒的左耳朵閃爍了一下，心想：她也鑽了耳洞。不知道下次見面會是什麼時候，到時候女兒又會有什麼樣的轉變呢？對夏美而言，父親從不存在變成了不需要的東西。而促使她改變的，當然是我自己。

一個人獨居後，剛開始也很忙碌。

有許多手續要處理，每天總得要出門辦事才行。所以無暇感覺寂寞空虛，甚至有種高漲的情緒。或許是還沒有離婚的現實感吧。

他也去了名為「Hello Work」的職業介紹所。裡面有很多和杉浦年紀相近的男人，每個人都是一副無可奈何的神情。當年他們在公司裡奮鬥時，應該有著不同的表情吧？男人只要一卸下頭銜，其實都是一個樣子。

剛開始在職業介紹所的櫃檯對著年輕職員說明「我被公司裁員……」時還覺得很丟臉，但杉浦立刻就習慣了。總之沒有失業保險金就無法過活，他已做好心理準備能領多少津貼就要爭取。

新搬的住處家徒四壁。所有行李全都塞進了衣櫥裡。妻子也提議過要讓他帶些東西過來，可是杉浦幾乎都拒絕了。也沒什麼複雜的理由，而是覺得只要拿出一件就會沒完沒了。

老實說，他哭過一次。將便利商店買來的便當直接放在榻榻米上，準備就著啤酒一起吃時，無關意志地眼淚竟撲簌而下。淚水滴濕了拿著衛生筷的雙手，他自己也嚇了一跳。淚水超乎想像地不斷泛流，一時之間無法停止。

他只有哭過那麼一次。之後的生活已經不容產生哭泣那種強烈的情緒。

白天沒有什麼事好做。

公寓裡沒有電視，生活很快就變得無聊。沒辦法他只好到商店街晃。心想勉強一下也不是買不起電視就走向電器行，結果在門口被叫住了，賣手機的店員叫住了他。

於是杉浦沒有買電視卻買了手機。因為剛好在特賣，店頭擺滿了各式手機，就像是在拍賣一樣。在店員的鼓吹下，杉浦拿起了一隻來看。隨意開口說「我不講究功能和外觀」，對方竟拿出一隻價錢低得嚇人的機種。

失去家人和公司後，杉浦已經沒有可以聯繫的對象。所謂的朋友和熟人都是和工作有關。以前常去的餐廳也是、打高爾夫球亦然。在公寓房間裡望著天花板，甚至連今天是幾號、星期幾的感覺都已蕩然無存。

手機當然也不會響起。既不會有人知道自己的電話號碼，也沒有可告知的對象。他試著撥117（報時服務台）和177（氣象預報台），果然也通了。突然間杉浦想到了什麼，打開衣櫥，開始翻找公事包。找到了。一張小紙條。上面所寫的數字就是藤澤優佳莉的電話號碼。

他盯著電話號碼看了好一會兒。感覺那是外界和自己唯一有所聯繫的魔法號碼。

晚上，他撥了那個電話號碼。不確定是什麼時間，應該是八點左右吧。雖然沒有意思要撥通，但話筒裡的鈴聲確實響起。

「喂！」是她。周遭很吵，大概是在ＫＴＶ裡吧。「喂！你是誰？我聽不清楚。」

「妳該回家了吧？」

「嗄？你說什麼？」

「這麼晚了，妳媽媽會擔心吧？」

「什麼呀，你是誰？」

「不是說妳不能玩。想玩的時候當然可以玩。我也有過那種時期。」

「什麼嘛！你到底想幹什麼？」

「可是玩過頭還要出賣身體就不對了。」

「喂！我雖然不知道你是誰，但我的事跟你沒關係吧！」

「妳讓我想起了該珍惜的東西。」

女孩輕輕嘆了一口氣後罵說：「變態！」

響在耳畔的喧鬧聲也跟著突然結束。

杉浦將手機丟在一邊，躺在榻榻米上。我是變態嗎？嘴角浮現一絲苦笑。從鋁門窗的縫隙可以看見冷冷的彎月斜掛在天空上。

一點幹勁都沒有。

總之做什麼都提不起興頭，一整天就這樣無所事事地窩在房間裡。然而身體結構還是會肚子餓、想小便，卻也眞是滑稽。

不知不覺間夏天過去了，秋日的空氣中瀰漫著如燒炭般的味道。因爲沒有電視和報紙可看，完全不知道社會上發生了什麼事。但就算知道了又能怎麼樣。自己就算想參與，又能改變什麼？天開始黑得早了，但跟杉浦還是毫無關係。

就在這時，杉浦發現了信箱裡的那封信。翻到背後，上面寫著妻子，不對，應該是前妻的名字。連忙拆開來看，裡面有幾封寄給杉浦的信件，還有一張信紙。信文從教條式的問候語開始，最後寫上「你的信一併附上，請記得到郵局辦理地址變更的手續」，內容十分簡短。既沒有提到夏美也沒提到自己的近況，就是很事務性的口吻，毫無感情的一封信。事到如今才說很失望，對她們母女倆也算是失禮吧。能夠寄這封信來，就算是她們的好意了。

杉浦直接將整份郵件丟進垃圾筒裡，反正讀了也不能怎麼樣。

頭一次他有種就這樣死了也好的感覺。

「你之前也有打電話過來吧？」優佳莉問：「你有什麼目的？」

「目的？」

「你該不會是偏執狂吧？」

「怎麼會！我只是希望妳不要做傻事。」

「拜託，我又沒有造成別人的困擾。當然也不會影響到你。既然跟你毫無關係，請你不必多管閒事！」

「那可不行，像妳這種人生剛要開始的女孩，我無法悶不吭聲看著妳做出傷害自己的行爲。」

電話那頭優佳莉發出笑聲說：「是喲，大人們動不動就說不要做出傷害自己的事。可是會買春的傢伙說這種話可是一點說服力也沒有呀。問題是我做這種事並沒有受到什麼傷害呀！」

「妳眞的這麼想嗎？」

「當然。只不過跟男人睡個覺，爲什麼就會受到傷害呢？我說……你大概也想跟我玩吧？既然這樣幹嘛不明說呢？」

「妳應該知道賣春是犯罪的行爲。」

「哈哈哈……」優佳莉改為放聲大笑說：「原來如此，跟我來這一套。我倒是聽說過一句話，賣春是人類誕生以來持續最久的一種工作。」

「妳賺來的錢都用在哪裡了？」

「又有什麼關係，反正是我自己的錢。」

「總不可能拿去當做生活費或學費吧？」

「那還用說，怎麼可能用在那種地方！真是太蠢了。」

「我知道妳和妳母親兩人的生活很辛苦。就算妳這麼做可以不必跟家裡拿零用錢，妳母親也不會高興的。」

優佳莉突然之間說不出話來了。

「你知道我家裡的情形？」

「嗄？」

「沒錯吧，為什麼你會知道？」

「我不知道。」

優佳莉的語氣中夾雜著驚訝：「你到底是誰？」

「我只是希望妳不要再做傻事！」

「該不會……」

「嗄？」

「該不會你是……爸爸？」

這句話讓杉浦的心情十分動搖。長久以來，他沒有聽到這樣的稱呼了。

「沒錯吧？你是爸爸？」

也許杉浦該當場否認才對。可是這句話的聲音是那麼動人，不由得讓他保持沉默。

「不要不說話，回答我呀！」

「如果我是，妳想怎麼樣？對於丟下妳們母女倆離去的父親，妳應該心裡很怨恨吧？」

「那當然。就算跪在我和媽媽面前，也不足以洩恨呀！爸爸，你知道嗎？那之後我和媽媽吃了多少苦頭？」優佳莉的語氣很激動。可是從她依然願意呼喚爸爸來看，可見得在她心中父親仍占著很重要的地位。這一點自己就差遠了。比起一起生活、拿出足以生活的費用，但女兒仍不願意喊一聲爸爸的自己，她的父親反而有著更明確的存在。

「你現在人在哪裡？做什麼工作？」

「我知道這樣的我沒有資格說妳。但我還是要說，不要再做那種事了。」

優佳莉的語氣變得僵硬：「你是說援助交際嗎？」

「沒錯。妳不覺得難爲情嗎？」

優佳莉一聽立刻回嘴：「不然你給我錢呀！」

「嗄……」

「你給我足夠的錢讓我不需要做那種事呀！」

杉浦感到很困惑，他沒想到對方會有如此直接的要求。

「對不起，我沒有錢。」

「既然這樣，就不要說那些冠冕堂皇的大話。」優佳莉狠狠撂下這句話，便掛斷了電話。

杉浦緩緩地嘆了一口氣。果然還是要錢，要想阻止那孩子，終究還是得靠錢嗎？

杉浦買過春，也去過特種行業的店。以前到東南亞出差時也買過女人。對象都是年輕女孩，自己卻一點罪惡感都沒有。對她們而言，那就是工作，多麼義正嚴詞的理由。可是那些女孩也都是別人家的女兒呀。買過別人家女兒，卻在自己的女兒賣春時突然提出道德感的訴求，未免也太可笑了！憑什麼說這些冠冕堂皇的大話！自己有什麼立場說教呢？優佳莉說的很對。

「大人們都很會說，說什麼出賣身體不應該。可是卻沒有人能說明爲什麼那麼做是不對的。只因爲法律禁止嗎！結果也只能提出那種程度的理由。」杉浦默默地聽著優佳莉的說詞。

還以爲打電話過去她已不會接聽，沒想到她知道來電的是自己後，彷彿期待已久似地開始說話：「不是有人打麻將賭錢嗎？也有人玩柏青哥換取現金呀。如果說是犯罪，那全日本到處都是犯罪的人了。」優佳莉像是發洩怒氣般地繼續說下去：「長得漂亮的就靠臉蛋吃飯，頭腦好的就靠腦筋賺錢。力氣大的可以從事體力工作。我也一樣呀，利用自己是女人和年輕的優點賺錢，有什麼不對呢？何況我又不是做得心不甘情不願，也不是被人逼著做的。說的直接點，我做得很高興。我才不是被害者。所以又有什麼關係？」

杉浦被問得詞窮，不知道該如何回答。甚至他也不知道正確的理由是什麼。

「你在聽我說話嗎？」

「有啊，我在聽。」

「拜託你也說點話好不好？」

「眞是丟臉，我都不知道該說些什麼了。聽了妳的說法，反而覺得妳說的好像也對。」

「我就說吧！」優佳莉的聲音充滿了勝利的驕傲。

「只不過……」杉浦補充說：「希望別讓妳媽媽傷心就好了。」

電話那一頭揚起高亢的笑聲。

「你還眞敢說呢！還有什麼會比被丈夫拋棄更傷心的呢？」

「我會給妳錢的。」

「嗄？」

「雖然我沒什麼錢。」

「眞的嗎？」

「嗯，我會盡我的能力。」

優佳莉沉默了一會兒後，毫不猶豫地說出了一個數字：「那就三十萬吧。總之先給我這麼多吧。湊到錢後再打電話給我。」

不等杉浦回答，對方便掛斷了電話。

杉浦開始從事分發傳單的工作。

分發的是一家以低價促銷的美容院廣告傳單。每天工資是八千日圓，日薪制。總之他希望找到馬上有現金可拿的工作。當然他也還想繼續領失業保險金，所以一旦被正式任用就麻煩了。仔細想想，這種行爲不也是一種犯罪嗎？杉浦不禁苦笑。

儘管帽簷壓得很低，可是身體前後架著看板，站在車站前的人群中，還是讓他感覺很難爲情。彷彿所有經過的人都在看著自己，不知不覺間竟低著頭做事。杉浦不知道萬一被認識的人看見該如何是好，不過一個小時之後，也就不以爲意了。根本不會有人注意到他，就像拿到手便扔掉的廣告傳單一樣。

一名看在杉浦眼中還是個小鬼的年輕人，居然喊他大叔，並且頤使氣指地糾正他說：

「大叔，瞧你的技術還有待加強！」

不過杉浦倒也不覺得受到屈辱。與其重視個人觀感，總之他要的是錢。沒想到發出一千張的傳單會是如此累人。原來遞送傳單也要看時機，一旦錯過，來往的行人一走開，遞出去的傳單也跟著掉在地上。雖然不太甘心，但他的分發技術果眞如年輕小鬼說的實在有待加強。

儘管如此，杉浦還是努力做了兩個禮拜。加上發下來的失業保險金，好不容易湊足了三十萬。

於是他趕緊打電話通知對方，優佳莉聽了似乎有些吃驚。

「我要匯錢給妳，能不能告訴我妳的帳號？」

「眞的嗎？」

「是呀，總算是湊到了。」

沒想到優佳莉突然語氣變硬改口說：「那我要五十萬。」

「什麼？」

「你拋棄我和媽媽耶，五十萬算很便宜了。」

杉浦原想說些什麼，結果也只能點頭答應。

在分發傳單之前，杉浦又到果菜市場工作。早上四點起床，雖然體力的負荷很大，但是工作五個小時就能有一萬日圓的收入，感覺很合算。主要工作內容就是出貨和搬運競價標售的蔬果。實際做下來比想像要辛苦許多，杉浦才做了三天就已經腰痠背痛。

坐在房間裡搓揉疼痛的腰背，不禁感嘆自己這麼做是何苦來哉？又不是自己的女兒，彼此毫無關係。給了對方錢也不能解決問題呀。對方肯定也是拿去玩掉了。難道是爲了彌補自己過去裁員部下的罪過嗎？如果眞是這樣，那得對多少戶人家贖罪才夠呀？

其實不過就是自己想做才這麼做的。最後杉浦只能用這樣的說法說服自己。

五十萬圓很不好湊。杉浦決定晚上還要到建築工地擔任交通指揮員。順利的話還能多賺一萬圓。這樣子就身兼三項工作，雖然身體負荷已達極限，但只要撐到湊足五十萬爲止。

湊足錢是在十天之後。

杉浦打手機通知優佳莉時，她的聲音顯得很不高興。杉浦不知道原因何在，感覺很困惑。難道對方還是覺得不夠嗎？可是優佳莉的回答正好相反：「那些錢我不能收。我可不認爲只靠五十萬，就能讓你從此安心度日。只要我願意，要賺那一點錢是輕而易舉的！」

這時杉浦才開始感到生氣。

「妳還記得之前說過賣春不會傷害到自己吧？」

「我當然記得。大人們動不動一開口就愛說『不要再傷害自己了』。每次聽到這句話，我就覺得可笑！」

「的確妳自己是不會受傷吧，也沒有受傷的必要。一如妳所說的，賣春根本不是什麼大不了的事。」

「我就說嘛。」

「可是妳將來肯定也會有喜歡的男性。妳敢對喜歡的男性提起現在所做過的事嗎？」

「沒有必要跟他說這些吧。何必故意說出這些，搞得天翻地覆呢？」

「換句話說，妳也不想讓對方知道吧。爲什麼不想讓對方知道呢？因爲在妳的下意識中也知道這些行爲是不對的。的確做這種事或許不會傷害到妳個人本身。但如果妳的男朋友知道了就會受到傷害。假如他愛妳，那傷害就會更重。讓喜歡妳的男性受傷，其實就等於是傷害了妳自己。這樣妳明白了嗎？這就是所謂的傷害。」

「你在鬼扯些什麼，跟個笨蛋似的。我完全聽不懂你在說什麼！」

「理由什麼根本不重要。聽不懂也無所謂。我只是覺得很生氣。只要想到自己的女兒做那種事就受不了。只是這樣而已，爲什麼妳卻一點都不懂？」

有太多要對女兒說的話。身爲父親要跟女兒分享的事情是沒有止盡的。然而杉浦什麼都還沒做就跟家人分離了。不，不對，是他這個什麼都沒有做的父親被女兒和妻子給拋棄了。

電話不知道在何時早已經被掛斷了，只聽見嘟嘟嘟的機械聲如遠去般的電車不斷地響著。

杉浦將所有工作都辭了，一下子又變得提不起幹勁。他不缺錢，失業保險金也還有得領。暫時不去工作，日子也能過得下去。

又是新的月分，季節也即將轉換。回過神來才發覺秋天正慢慢往後退，靜謐凜冽的寒風開始在腳邊打轉。過去的人生總是積極地迎接新的季節，而今卻看到回顧季節流逝的自己。今後還能歷經幾次這樣的季節呢？下意識間自己竟然開始這樣數著日子。

手機鈴聲猛然響起。一開始杉浦完全沒有意會到是手機鈴聲。因爲手機買來，這還是頭一次作響；何況沒有人知道他的電話號碼，手機怎麼可能會響。但因爲鈴聲持續不斷，杉浦伸出手去接。

「喂！」

「怎麼了，一點精神都沒有？」對方的語氣顯得很隨便，是優佳莉打來的。「這一陣子你都沒來電，我還以爲你生病了。」

「妳怎麼知道我的電話號碼？」

「現在的手機都有來電顯示呀！」

「是嗎？」

「討厭，連這個你都不知道嗎！」

「上次妳沒有告訴我帳號。說吧！我要把答應給妳的錢匯過去。」

「怎麼還在提這件事，我不是說過不用了嗎？」

「可是……」

「我怎麼可能拿你的錢。我又不知道你是誰，唯一能確定的就是你不是我爸爸！」

杉浦一時之間說不出話來，有些驚慌。

「一開始我還以為是，可是很快就知道弄錯人。他失蹤是三年前，我怎麼可能忘記自己父親的聲音呢！」

「對不起，我沒有意思要騙妳。」

「算了啦。不過我倒是真的認為要是你是我爸爸就好了。」優佳莉的語氣不再像過去那樣的頑強。「對了，你為什麼要這麼做呢？」

「該怎麼說才好呢……」杉浦有些詞窮，優佳莉也不繼續追問下去：「算了，也無所謂啦。我真正的父親不知道人在哪裡。真正的母親也忙得沒空管女兒在幹什麼。或許所謂真正的父母就是那樣子吧，反而是假的父母很像那麼一回事。真是好笑！」

「我對自己的妻子、女兒也是什麼都沒有做到。」

「可是我卻覺得自己好像得救了一樣。」這番話，讓杉浦的心頭為之一振。

「我很高興，真的。我也說不清楚，反正就是很高興。」

「是嗎。」

「總之你不用再擔心我了。我有好好想啦，對於許多事，我會好好想的。」

「嗯，我知道了。」

「那就這樣了。」

杉浦還想說些什麼，可是一股枯乾的氣息卻逐漸從身體底層湧起，一種類似焦躁的飢餓感不斷擴散，一種彷彿發麻般的孤獨感卻隨著身體往下沉。

「不過……」優佳莉說：「我還可以打電話給你嗎？」

杉浦緩緩地閉上眼睛。也許這次得救的人將是自己吧。

說詞

前些日子，被祕書課的植田奈保直率地告白了。

她今年剛進公司，二十二歲，看在二十九歲的洪一眼裡當然是青春無敵。皮膚白皙、慧眼靈黠、一頭及肩長髮總是飄散著甜美的芳香。舉手投足自然流露出名門閨秀的氣質，在公司男性間頗受到好評。

老實說，洪一也很納悶條件那麼好的她爲什麼會看上自己。洪一在公司裡有個即將論及婚嫁的女友。他們的交往幾乎是公開的事實。奈保當然也知道這一點，卻表示她無所謂。

「我願意退居老二，不會對你有所強求。只要偶爾跟我見面約會就好。」

這世界上大概沒有被這麼要求還能說NO的男人吧。但洪一受寵若驚的同時卻回答：

「妳應該好好看重自己才對。還會有其他更適合妳的男性的。」

內心則是很不希望對方就此打退堂鼓。明知道這是男人自私的想法，可是被這麼可愛的年輕女孩告白表示喜歡，應該沒有男人能夠斷然地拒絕吧！

奈保眼中微微地泛著一層淚水。

「除了你以外，其他人都不行。」

在迎新會上，兩人剛好坐在一起曾經交談過。柔弱稚嫩的奈保光是一杯啤酒就會臉紅，偏偏又無法拒絕上司「喝嘛喝嘛」不懷好意的勸酒。讓坐在旁邊的洪一直爲她冒汗擔心。果不其然，奈保在宴會進行到一半開始覺得身體很不舒服，原本脹紅的臉變成鐵青。洪一看不下去便提議說「不如到外面吹吹風比較好吧」，將奈保帶了出去。洪一並非對奈保另有居心，而是眞的爲她擔心。

然而竟造成了奈保對他的好感。聽起來有點像是藉口就是了。

於是洪一和奈保就這麼開始了。

當然這件事不能讓靖子和公司的同事們知道。兩人小心謹愼地交往著。

目前大約是一個禮拜約會一次。剛開始交往時，都是在外面用餐，現在則幾乎都直接前往奈保的住處。雖然也擔心會被其他人看見，但奈保做菜的手藝實在了得，洪一吃得很高興也很滿意。

奈保嘴裡說「在家裡心情比較輕鬆」，但洪一明白她是爲自己的立場著想。兩人的關係不僅不能被任何人知道，她也不想增加洪一經濟上的負擔。奈保就是這麼溫柔貼心的女人。

今晚也是在奈保的住處吃飯、做愛。奈保在床上也很賢淑柔順地爲洪一奉獻。由於她的舌上功夫不錯，洪一知道她的經驗應該不算少，但也不以爲意。甚至還有種安心的感覺。萬一她還是處女的話，反而會讓自己有所退縮吧。

正和奈保裸身相擁情深意濃時，電話鈴聲響了。
奈保趕緊跳下床接聽電話。
「喂！」
沉默了一下，才又開口：「喂！」
然後才死心地輕輕嘆了一口氣，將話筒掛好。
「怎麼了嗎？」
「沒什麼啦。」
「打錯電話嗎？」
奈保表情陰暗地靠在洪一懷裡，瘦弱的肩膀不停顫動。彷彿是在害怕著什麼。
「什麼都沒說！」
「什麼都沒說？」大概是不做聲的惡作劇電話吧。
「常有這種電話嗎？」
「常常。」奈保柔弱地回答。
洪一想：大概是男人吧。可能是被之前交往的男人糾纏。奈保看似清純，畢竟不是處女。

「對不起。」奈保說。

奈保沒有必要道歉，又不是她的錯。洪一輕輕撫摸她的頭髮。

「不要太過在意，總是會有那種蠢蛋存在。那種男人不理他就算了。」

「不是男人打來的。」

「嗄？」

「對方是個女人。」

「妳怎麼知道？」

「當然知道，這種事。」然後奈保將手抱著洪一的背說：「都怪我不好，被這樣對待也是活該。誰叫人家就是無法放棄你嘛！」

一開始洪一聽不懂她在說什麼，於是看著被床頭燈照得微微暈黃的天花板思索。然後才慢慢轉過頭來問說：「妳是說那是靖子？」

奈保將臉埋在洪一的胸口。裸露的肩膀微微顫動。奈保哭了。

「怎麼可能？」

「對不起。」奈保又道歉了。

洪一回想昨天和靖子的見面。跟往常一樣呀。不論是表情、態度和說話，都沒有任何異樣。所以絕對不可能是靖子。

洪一先說服自己，然後再用沉穩的語氣否定說：「那是不可能的。靖子完全沒有發現我們的關係。」

躺在他懷裡的奈保又說：「兩個禮拜前，好像被總務部的北島小姐看見了，我們在影印室裡的舉動。」

「什麼……」

「北島小姐和靖子是同期進入公司的，感情不是很好嗎？這種無聲電話打來，也是從那個時期開始的。」

洪一心想：原來是那個時候！因爲看見奈保一個人走進影印室，他便後腳跟進。腦海中難免想像著和穿制服的奈保……。當然頂多只是調調情罷了。探頭一看，影印室裡果然只有奈保在。洪一躡手躡腳地走進去，從背後抱住了奈保。奈保驚訝地回過頭，洪一趕緊輕輕一吻。製造一段無傷大雅的刺激。

竟然被看到了嗎？

洪一簡直想要抱著頭發愁。這下子情況可不得了了！

可是……

洪一重新望著天花板。

即便是這樣，也不能斷定無聲電話就是靖子打來的呀？就算發現了我和奈保之間的事，她也不像是會做那種事的人。兩人交往三年了，洪一自認爲很了解靖子的個性。她是個直爽乾脆的女性。如果她眞的發現了，不是直接質問洪一，就是轉頭就走。她的行事作風一向乾淨俐落！

話又說回來，奈保也不是那種信口雌黃、喜歡派生是非的女性。交往至今從沒聽過奈保對他抱怨過誰或說別人的壞話。

「忘了我剛剛說的話吧。是我不該胡亂栽靖子的贓。對了，一定不是靖子啦。靖子怎麼可能做那種事。我也眞是的，沒憑沒據的胡說些什麼嘛。」

奈保似乎猜透了洪一的心思。她其實大可怨恨情敵靖子，卻爲懷疑對方的自己感到羞恥。

洪一不禁覺得這樣的奈保更惹人憐愛。一開始只是抱著玩玩的心態開始交往，如今卻考慮到自己怎麼能夠對這麼貼心乖巧的女孩始亂終棄呢！

洪一緊緊擁抱著奈保。

「對不起，奈保，我了解妳的心意。」

洪一喜歡靖子。畢竟他們已經交往三年，而且也考慮結婚。然而看著眼前無助的奈保，甜美地激起洪一無法放下她不管的「男性」本能。如果我不在她身邊，這女孩眞的不會有事嗎？

萬一打無聲電話的人眞的是靖子呢？

這時洪一開始有了和靖子分手的念頭。

萬一眞的是靖子的話。

周末。

靖子來到洪一的住處。

交往了三年，兩人與其說是戀愛關係，反倒像是越來越可以自在相處的彼此。兩人一起坐在洪一的房間裡看錄影帶，感覺靖子彷彿已成爲自己的一部分。

可是今天洪一的心情卻失去了往常的悠閒。因爲他打算向靖子確認無聲電話的事。如此一來難保他不會自行供出和奈保的關係，但如果那天在影印室裡的情景被北島撞見了，肯定靖子也早已知情。

和奈保偷偷往來固然是自己的錯，但如果靖子是那種會打無聲電話的女人，那洪一當然也會有所打算。

看完錄影帶，靖子用遙控器迴帶。

「很棒的一部片子。看到主角爲了小孩犧牲的那一幕，我都哭了。」

靖子的眼眶有些泛紅。

「你餓不餓？想去外面吃呢，還是我們到便利商店買點什麼來呢？」

靖子還是跟平常沒有兩樣。都二十七歲了，還是一張娃娃臉。倒是心胸十分寬闊。

洪一深呼吸一口氣後說：「靖子！」

「什麼事？」一邊將錄影帶放進出租店專用袋的靖子回過頭問。

「我有話跟妳說。」

一時之間，洪一覺得靖子的臉色好像有些變化。

「妳可以坐在那裡嗎？」

靖子雙腿併攏端坐在餐桌對面。她似乎已經察覺洪一將要說些什麼話。

「我想妳應該知道了吧？」

「知道什麼？」

她還不知道嗎？

如果眞是這樣，豈不是打草驚蛇嗎？突然間洪一慌了，趕緊隨便拿話來搪塞：「沒有啦……其實……就是那個……」

「如果是祕書課植田奈保的事，我知道呀。」

面對如此直接的回答，洪一也下定了決心。事到如今，多說什麼都是廢話。

「既然妳知道，爲什麼不對我說！」

「因爲我信任你。不管發生什麼事，最後你還是會回到我身邊的。」

靖子的表情十分坦然。看著她直射的視線，洪一不禁心虛地低下了頭。

「是這樣子嗎……」

「你喜歡她嗎？」

「不，不是那樣子的。該怎麼說呢？因爲她很可愛，我無法拒絕。」自己也覺得這理由太爛，但臨時又想不出其他說詞。

「你要跟我分手，繼續和她交往嗎？」靖子的聲音帶著潮氣。

洪一抬起頭看，發現她的眼眶都濕了。看來不完全是因爲剛剛的錄影帶，洪一感覺十分心痛。

「我一直都覺得很對不起妳。」

「眞的嗎？」

「當然。對不起，我會好好跟她做個了斷的。不過在那之前我有件事想問妳。」

「什麼事？」

「靖子妳有沒有打電話到她家過？」

「電話？」

「嗯。」

「什麼意思？」

「我知道妳對她有意見，但可不可以直接對我說呢？」

「是她說我打過電話給她嗎？」靖子的表情變得僵硬。

「不，不是那樣子的。」

「到底是怎麼回事嘛，我不懂。你說清楚嘛！」

「最近她好像常接到無聲電話。」

「難不成她說是我打的？」

靖子瞪著洪一的眼光充滿了憤怒與驚訝。

「不是我打的！」

「她都快嚇壞了。」

「我已經說不是我打的了！爲什麼她硬要說是我打的呢？既然是無聲電話，就不可能知道對方是誰呀？難道她有證據說是我做的？不可能的，因爲我根本就沒有做。只因爲她對你下手，我就該那麼做嗎？我才不是那種陰險的女人！」靖子說的斬釘截鐵。

她的態度看來不像是在說謊。因爲兩人交往了這麼久，所以洪一很清楚。

「果然還是她誤會了。」

「那還用說嗎！難道洪一你也相信她的說法？」

「怎麼可能！我從一開始就覺得不可能是靖子妳做的。」

靖子突然間不說話，陷入了思考。

早知道就不要說了，洪一很後悔。除了劈腿讓靖子生氣外，對她的懷疑更加深了靖子的怒氣。其實只要認眞想想，就知道靖子不會是做那種事的女人。

這時洪一發現靖子好像說了什麼話，趕緊看著她。

「嗄，什麼？」

靖子猶豫著是不是該說下去。

「什麼事嘛？」

「沒有，沒事啦。」靖子搖搖頭。

「什麼嘛，爲什麼不說？這樣我會很在意的。」

聽到洪一的強烈要求，靖子彷彿下定決心似地抬起了頭。

「好吧，說出來可能比較好吧。不然我就要遭受懷疑。」

靖子直視著洪一說：「我想電話應該是坂川常務的太太打的。」

洪一眨了眨眼睛。爲什麼又會提到坂川常務的太太呢？

「我其實很不想說這種事，聽說植田進公司前就和常務有一腿。而且還是靠這種關係進公司的。」

洪一不禁張大了嘴巴。

「聽說最近兩人的事被常務的太太知道了，鬧得不可開交。」

「慢點，妳說的是眞的嗎？」

「這件事女性員工大家都知道呀。」

「怎麼可能？」

「聽說她從學生時代起就在銀座的酒店打工，兩人是那個時候認識的。」

洪一感覺後腦勺被重重一擊。實在無法相信。那個清純、柔弱的奈保居然會跟坂川常務？以前還當過銀座的酒店小姐？怎麼可能嘛！

「我一開始也不相信，甚至還要那些傳話的女生不要亂說。可是我看到了。」

「看到？妳看到什麼？」

「兩人從飯店走出來，是在澀谷的都心飯店。」

洪一驚訝的無言以對。

「我本來是不想跟任何人說的。」

「眞的嗎？妳沒看錯？」

「沒錯，我很肯定。」

洪一眞想抱著發脹的頭。

自己居然做了蠢事！

被奈保的可愛給沖昏了頭，結果看不清她的本質所在。一點也沒發現她是那樣的女人。笨蛋！我眞是個大笨蛋！

還好沒有衝動地做出和靖子分手的傻事，這是唯一沒有出錯的地方。差點就要失去最愛！

還是跟奈保說清楚吧。跟她說無聲電話的犯人不是靖子，我們之間也到此結束！我再也不要被她那可愛的臉蛋所矇騙了！

「我想我們還是不要見面比較好。」洪一言語毫不修飾地做出了結論。

奈保一臉震驚地看著他，淚水也跟著奪眶而出。

「我做了什麼讓你不高興的事嗎？」

「不，不是那樣子的。」

「那不然是爲什麼？」

「我想了很多，還是覺得這樣偷偷摸摸的往來不太好。」

「你不必爲我考慮，只要能夠這樣和你在一起，我已經覺得很高興了。」

眞是動人心魄的台詞！但我可是吃了秤鉈鐵了心。

「可是我不能原諒這樣的自己。對不起，造成這樣的結果，我覺得很對不起妳。」

奈保低著頭拭淚。看起來身形又更縮小了一圈。

還以爲自己帶著堅定的意志來此做個了斷，可是看到奈保爲自己流下的淚水，不捨的心情又油然而起。不行！她是坂川常務的情婦，我現在千萬不能有婦人之仁！畢竟這關係到自己的未來呀。

「我知道了。」奈保輕聲回答。「事到如今再說無法分手，有違我們當初說好的約定吧。畢竟我事先已經知道洪一身邊早有了靖子的存在。」

「對不起。」

洪一伸手掏出口袋裡的香菸。

「還有關於無聲電話的事，果然不是靖子打的。妳應該是弄錯人了。我這樣說也許不太好，應該還有其他可疑的對象吧？」

「你這句話是什麼意思？」奈保緩緩地抬起了頭問。

「沒有呀，我沒有什麼意思。」

「你是說還有其他人怨恨我嗎？」

「不是，我沒有任何意思。我只是說萬一有可能的話。」

奈保的表情慢慢地產生了變化。

「你是聽了靖子說我什麼嗎？」

「沒有哇。」

「你一定是聽到了什麼，不然你怎麼會說出那種話。」

「我什麼都沒聽說。」

洪一覺得嘴巴好苦，於是將香菸捺熄在菸灰缸裡。

「是有關坂川常務的事吧？」

沒想到居然會從奈保自己嘴裡聽到具體的名字，洪一當場愣住。

「不是……沒有……」

「我也知道有那種謠言。好像還說他太太知道了，現在事情鬧大了什麼的。」

「是嗎，原來妳已經知道了呀？」洪一有些莫名其妙地點頭承認。

「洪一你相信那種謠言嗎？」

「不，我當然不信，眞的。這社會上就是有很多人會亂放消息，不用管它。所謂謠言，聽膩了大家自然就會忘記。」

「我也是那麼想，所以也就毫不理會。可是我已經不能忍受了，那樣子的胡說八道，眞是太過分了！」

奈保緊咬著嘴唇。看她的表情不像是在騙人。

洪一實在搞不清楚了。

「妳眞的和坂川常務之間沒有什麼嗎？」

「你果然還是懷疑我嘛！」

「不是那樣子的。而是有人看到你們兩人從飯店走出來……」

「那個人就是靖子吧？」

「不是，只是謠傳啦。」

「算了，就是靖子吧？我還記得那個時候在飯店遇見她。因爲有客戶從洛杉磯來，我和坂川常務到客戶住宿的飯店拜訪。我們在房間裡簽好契約，走下大廳時，遇見了靖子。就只是這樣子而已。可是好過分，靖子的說法好像我和常務兩人一起上飯店休息一樣。我眞的和坂川常務毫無關係。如果你不相信我，我可以去跟祕書課長調那一天的行事曆給你看！」

「不，妳不必那麼做。原來如此，我了解了。原來是這麼一回事。」

「這樣你對我的誤會已經解開了嗎？」

「可是妳進公司之前就已經認識坂川常務應該是事實吧？」

奈保點頭說：「的確沒錯。常務是我父親的老朋友。我父親在我國中時過世了，從此常務就很關照我們家人。」

「聽說妳在銀座當酒店小姐時，你們就認識了，是眞的嗎？」

「我是當過酒店小姐。父親過世後，家裡的經濟有困難。我下面還有弟弟。爲了賺取學費，我到酒店打工。知道這件事的坂川常務立刻跑來酒店要我馬上辭職。的確介紹我進公司的人也是坂川常務，但我有正式參加新人考試，自信是憑實力考進公司的。可是周遭的人卻亂放話製造謠言……」

「原來是這麼回事，妳也吃了不少苦。」

洪一對於沒有搞清狀況就完全聽信靖子所言的自己感到羞愧。如今到哪裡去找爲了賺取學費而打工的女孩呢？到處都是爲了買名牌而甘願援助交際的女孩，不是嗎？

奈保拚命忍住淚水。洪一捨不得那樣惹人愛憐的奈保，忍不住緊緊抱住了她。

「對不起，是我錯了。什麼也不知道，就聽信謠言。」

「誰叫我是後來才喜歡上洪一的，我知道自己不能說些什麼。可是既然靖子那樣說我，那我也要……」

聽到這句話，洪一慢慢地推開奈保詢問：「靖子她怎麼了嗎？」

「我決定說出來了。你知道那天靖子是和誰一起在飯店出現的嗎？」

「誰？她跟誰在一起？」

「山下先生。」

「山下？妳不會是說第二營業部的那個山下吧？」洪一不禁拉高了音調。

「沒錯。」

山下是洪一最討厭的人，而且也是從他進公司以來的競爭對手。那種人爲了扯別人後腿，任何骯髒的手段都使得出來。對上司極盡諂媚，對同事卻很傲慢，對新人更是趾高氣昂。爲什麼靖子會跟山下那種人在一起呢！

「也許我只是偶然遇到他們的，可是以前靖子不是跟山下先生交往過嗎？所以我才會放在心上。」

洪一的心臟跳動得很厲害。那種事他可沒聽說過！

「妳說什麼？他們交往過？是眞的嗎？」

「什麼？你沒聽說過嗎？」奈保發出驚訝的語調，接著臉上浮現後悔的神情。「對不起，我還以爲你早就知道了。」

「靖子和山下……」洪一的喉嚨一陣刺痛。

「不過那是很久以前的事了。在我進公司之前，我是聽學姊們說的。怎麼辦？我不應該多嘴的，對不起。」

「不，沒關係。是嗎，原來有這麼一回事。」

洪一大受刺激。而且是相當嚴重的一擊。靖子居然和那個山下交往過？我眞是不敢相信。就算是過去的事，他們應該也上過床吧？自己的情人竟然和自己最看不起的男人在一起過，這一點光是憑想像就已經讓洪一難以承受。

分手！

當下洪一立刻做出決定。

我要和靖子分手，和奈保在一起。

「植田她是這麼說的嗎？」

「沒錯。」

洪一完全氣昏了頭，哪裡還顧得修飾語句。他打算確定事實後，就跟靖子一刀兩斷。

「是呀，我是跟山下在一起。可是那天還有北川、仁科、小關和守口。我不知道她是沒看到還是怎樣，我們大家都在一起，因爲那天是我們第二營業部的聚餐呀。」

洪一感覺好像被擺了一道似地，神情茫然地看著靖子。

「居然連這種事也能說得跟眞的一樣，眞不知道那個女人有何居心？」

「可是妳跟山下交往過總是眞的吧？爲什麼這種事要瞞著我？」

靖子睜大了眼睛說：「我哪有跟他交往！山下約過我幾次，我都拒絕了。但是因爲他太囉唆，我只答應跟他見過一次面。見面後，我很清楚表明自己毫無意思，拒絕了對方。就是這樣子而已。我們根本沒有交往過！」

洪一頓時感覺肩膀無力，心想怎麼會是這樣。原來是那個山下被甩了呀？不愧是我看上的女人，眼光不錯。這麼說來，當山下知道靖子和我交往時，不知道心裡會有多嘔！光是想到這一點，洪一就覺得很爽。

「洪一，你居然相信那個女人所說的話？」

「怎麼會，我怎麼可能相信！」洪一狼狽地回答。

我真是笨蛋，那個時候居然聽信了奈保說的話。冷靜下來思考，靖子怎麼可能會跟那傢伙交往嘛！

這件事就一笑帶過付諸水流吧。

可是靖子卻很不甘心，竟然說出了這種話：「我實在很不想說，那個女人長了一副可愛的臉蛋，卻不知道心裡在想些什麼。你聽說了嗎？祕書課最近出了很多狀況。」

「出狀況？」

「說是高級主管的錢包掉了，還有計程車乘車劵也在不知不覺間少了許多。這種事過去從來都沒有過，直到新人進公司後便接二連三地發生。」

洪一凝視著靖子。

「妳不會說是她幹的吧？」

「我可沒有想那麼多。畢竟我又沒有證據。只不過這種情形接連發生倒是不爭的事實。」

奈保過著跟一般粉領族很不一樣的樸實生活。這麼說來，洪一以前好像聽說過她還得從微薄的薪資中拿出幾萬圓養家。如果固定的薪資不夠用，或許就會想其他方法來增加收入吧？

不，不可能，她應該不會那麼做才對。我所知道的奈保絕對不是那種人！

不管怎麼說，我都得跟奈保分手才行。管她有沒有做那種事！

最適合我的人還是靖子。

「太過分了，那樣說太傷人了，居然拿我當小偷看！」奈保的嘴唇顫抖。不像平常愛哭的她，這一次她是真的氣到全身發抖。洪一連忙否認說：「不是啦，又沒有人說是妳做的呀！」

「可是說什麼新人來了之後才有的事。祕書課的新人就只有我呀！」

「噢……不是啦……那是……」

「這件事我也是被害人耶。準備好要匯到我媽帳戶的錢放在抽屜裡也被偷了，你知道我有多困擾？我知道是誰做的，就是清潔公司派來打掃的歐巴桑。現在已經禁止該業者繼續進出我們公司了，所以也不再有偷竊事件發生。因爲上面的人不想把事情鬧大要我別說，所以我也沒有提起過。沒想到我卻被當成犯人看待，眞是太過分了。」

「不，我也絕對認爲不會有那種事。我從一開始就很相信妳的。」

「又是靖子說的吧？」

「沒有啦，不是她。」

「算了。這種話只有靖子才說得出口吧！」

「不，靖子的心地沒有那麼壞。她只是有些不夠穩重，我想她是誤會了。」

「這不是說聲誤會就能解決的問題，事關我的名譽呀！我可不能忍受被人家說得這麼難聽！我一向認爲靖子認識洪一在先，所以不敢強求，但現在我不再退讓了。」

「不要……妳別……」洪一感到十分困惑，沒想到會變成這種情況。

「你知道靖子在公司裡的風評如何嗎？」

「嗄？不知道，怎麼樣呢？」

「大家都叫她西太后。」

「西太后？」

「你不知道靖子有多會欺負學妹和新人！前一陣子不是有個女生辭職了嗎？叫做廣澤，就是今年剛進公司，和靖子同屬第二營業部的新人。」

「噢，她呀，我知道。」

「她就是因爲被靖子欺負才走的。說什麼指甲顏色太鮮豔、制服的裙子太短啦，把人家叫到更衣室去罰跪！明明隔天再做也來得及的工作，硬要人家加班完成；或是假借指導名義故意延長開會時間，眞的是很過分。相反地，卻很會討好學姊和上司。我實在很不想說這種話，覺得說出這種話的自己很丟臉，可是大家都很討厭靖子。」

洪一也很清楚自己的臉色越來越難看。

「妳是亂說的吧……」

「唯一不知道的人就只有你。女性員工之間，大家都說凡事被蒙在鼓裡的洪一和她交往眞是可憐！」

洪一還以爲體育系出身的靖子，對待新人或許只是比較嚴厲些，卻沒有想到她的風評竟然如此惡劣。洪一眞的完全都不知道。

「說我欺負學妹？之前辭職的廣澤，她不是爲了要到澳洲留學才離開公司的嗎？她來找我商量，我還幫她做了許多調查。走的時候，她甚至哭著向我道謝呢！怎麼會變成我欺負她了呢？在更衣室罰跪？我把人家弄哭了？說的是什麼話嘛。沒錯我是常常糾正新人，因爲那是我的工作。這麼說來，我倒是有一次在更衣室聽學妹訴說她失戀的事，最後學妹還哭得蹲在地上。沒錯，就是那個時候植田奈保走了進來。她看見了。也沒搞清楚事情狀況，居然敢亂說一氣。要說就來說呀，她就是那種人，很會造謠中傷別人，被她害過的人比比皆是。一個月前，公司裡不是流傳總務課長和祕書課的井出小姐搞外遇嗎？連高級主管都聽說了，事情鬧得很大。那個謠言就是她散播出去的。因爲請假的事，她被井出學姊說了幾句，便懷恨在心造謠生事。她就是那種人，好可怕喲。你眞的是什麼都不知道！」

「才不是呢，我沒有做那種事。的確，公司裡是有傳出總務課長和井出小姐的謠言。我也是聽同事說才知道的，不是我編造的。我知道時已經很後期了。說我對井出小姐懷恨在心？怎麼可能！井出小姐把我當妹妹一樣疼愛。我們的關係爲什麼會變得那麼難聽呢？我知道靖子不喜歡我，因爲洪一的關係。我也認爲被她說幾句也是沒辦法的。可是那是私事吧，爲什麼靖子要扯到工作面呢。有件事我沒跟你提過，上次有份合約書要簽，我將專務蓋好章的合約交給她。我明明親手交給了她，靖子第二天竟然說她沒有收到。我還記得她拿到合約時還滿臉笑容說『辛苦妳了』！結果害我被專務罵。之後我在傳眞機的廢紙堆中看到了那份合約，心想眞是太過分了。靖子眞的很過分！」

「合約？我哪有收到。是她自己搞錯弄丟了，硬要怪罪到我頭上。老實說，我根本就對那個女人沒輒。似乎祕書課裡的人也是一樣。大家大概心裡都很希望她趕緊辭職吧。經常遲到、曠職，中午休息時間過了也不回到位子上，她就是那種人。如果你要跟我分手，我也沒有辦法。但拜託千萬別跟那女人在一起，她只會搞壞你的名聲的！」

「我已經放棄跟你在一起了。我實在受不了靖子的中傷汙蔑。遲到？那是我因爲神經性胃炎在上班前去看醫生的事吧。我當然有取得上司的許可。中午休息時間是因爲高級主管常要我出去辦事，有時候無法準時回來。祕書課的人都能理解，這也是工作內容的一部分呀。如果我們因此而分手，我也沒話說。但請你相信我，千萬不要聽靖子胡說八道。我只是想讓你認清靖子的眞面目，對不起，我實在不應該說這些話的。可是我實在沒辦法默不作聲看著你被欺騙呀！」

「洪一，你夠了沒有？你到底還要被那個女人說的謊話要到什麼時候才肯罷休！你到底相信誰呢？是那個女人還是我？你要哪一個？」

「洪一，你眞的決定了嗎？要跟靖子在一起？你認爲這樣能得到幸福嗎？你不後悔？」

什麼跟什麼嘛。

洪一不知道究竟是怎麼一回事。他已經完全搞不清楚現在是什麼情況了。

到底誰說的才是眞的？

他心想不會吧，應該不可能的。可是她們兩人的說詞卻都驚人的合理，又相互對立。兩人各執一方的說詞未免振振有詞得太過嚇人！

洪一不知道如何是好。

他完全不知道眞相是什麼。

他該怎麼做才對。

我心愛的人

我所說的話，眞的錯了嗎？有那麼不合常理嗎？

千晶低著頭，哭得肩膀微微顫動。我無可奈何地看著這副光景。

「要我說幾次都行，我只愛千晶妳一個人。今後不管發生什麼事，我還是會繼續愛著妳。不管要我對著神明還是魔鬼，我都願意發誓。所以妳還不能明白嗎？」

千晶就是不依地微微搖著頭。

「我這一生都不會離開千晶的，我一定會守在千晶身邊。妳父母欠的錢，我也一定會還清的。只要妳肯點頭，我就能辦得到。」

千晶咬著嘴唇。

「我愛妳，眞的。我這一生永遠都會愛著千晶妳的。所以拜託妳，答應我吧！」

我很有耐性地不斷重複這些話。可是我越說，千晶的心就越像石頭一樣地堅硬。

終於千晶抬起婆娑的淚眼望著我。

「你無論如何都要和那個女人結婚嗎？」

「是的。」我回答得很簡短，視線落在膝蓋上。

「不要，人家不要。既然你愛我，就不可能那麼做呀！」

「不對，就是因爲愛妳，我才那麼做。和她結婚也是爲了我和千晶呀。只有那樣做，才是最好的方法。就算跟她結婚，我對妳的心意還是不變。我愛的人只有千晶妳一個，請妳相信我！」

「騙人！我無法相信。」

「我怎麼可能愛其他女人超過千晶妳呢？」

千晶轉過頭去不肯理我。

我拚命想解釋：「結婚這檔事，根本就是社會擅自設定的制度嘛，不過是一種形式。我和千晶的愛情跟那些外在形式毫無關係。重要的是我們的感覺，不是制度。我只愛妳千晶一個人，一生一世只有千晶妳一個人。」

千晶掩面，哭得死去活來。

我還能再說什麼呢？該如何解釋，她才能接受呢？

我抱著頭發愁。我說的並非謊言，我真的是打從心裡那麼想。我會永遠只愛千晶一個人。

可是千晶卻不能理解，我是這麼地愛她。不管發生什麼事、和誰結婚，我的愛只屬於千晶一個人所有。

從小父母就告訴我努力是一種美。

曾經體弱矮小的我，因爲努力而當上了足球選手。繁重的學生會長職務，也在我的努力執行下功成身退。一向數理化學等科目較差的我，幾經努力終於考上一流大學。從小我就是一路不斷努力地往上爬。

於是我學會了：在這個世界上沒有付出努力得不到的東西！

可是我卻沒能進入第一志願的公司上班。如果說是我努力不夠，我還能接受。然而揭開內幕一看，才發現原來需要的不是努力，而是要靠關係和手段。

我不禁愣住了。這個社會居然是靠這種東西成立的？

當時我的確很失望，也受到很大的挫折。可是我告訴自己不能繼續沮喪下去，我可以在現在的公司好好闖出一片天地！

結果眞正的教訓還在後頭。進公司五年了，殘酷的現實毫不留情地打擊著我。

我辛苦努力的成果，不知在何時竟然變成上司的功績。越是努力求表現，就越激起老鳥學長們的反感。越是埋首於工作，就越被新人學弟們排擠。公司裡能夠出人頭地的，都是那種甜言蜜語的馬屁精！

我努力過了，也嘗試改變現況。硬是擠出討好的笑臉、答應各種不合理的要求、即便不想低頭也還是低聲下氣。面對那些只想打混摸魚的同事們「那傢伙很不上道」、「那傢伙好無趣」等評語也不予置評，始終保持謙虛的態度。可是我所做的這些努力終究還是付諸水流。

我和千晶是在三年前認識的。

她在我常去打發晚飯的居酒店打工。

我不太喝酒，但那一天因爲在公司發生了不愉快的事，不禁喝得爛醉如泥。結果手上拿著的啤酒瓶滑落摔在地板上。

看著自己的失態，整個人羞愧地愣住了。然而千晶卻絲毫沒有責怪我，動作迅速地幫我收拾善後。

千晶溫柔地浮現笑容問我：「有沒有受傷？」

之後我們便開始熟了起來。或許在這個都市裡，我和千晶都是找不到立足之地的天涯淪落人吧。我們很快便愛上了對方。

雖然相識的過程很平凡，交往之後我卻十分感謝自己的幸運。千晶人長得漂亮，個性溫柔端莊，既有少女般的清純，也擁有豐滿的肉體。

千晶小我五歲，兩年前才從美術專科學校畢業。她的夢想是成爲童書插畫家。聽說她高中時曾經投稿入選並且獲獎；現在也常拿作品到出版社自我推薦，但都吃了閉門羹。

可是千晶還是不肯放棄。偶爾她會幫女性雜誌等畫些小插圖，只是還稱不上是正職，所以爲了生活得到居酒屋和其他地方打工。

我的父母住在鄉下。父親自己開計程車，沒有靠行；母親在家附近的超市上班，是兼職人員。小我三歲的妹妹服務於信用合作社，半年前和同事結婚了，現在懷有四個月的身孕。

雖然這麼說有點老王賣瓜，但我眞的覺得我的家人都很好。至今我們一家人都還認爲陷害別人、背叛親友是可恥的。努力向上就是父母給我們的教誨。

前幾天父親的計程車被卡車撞上，對方逃跑了。所幸車上沒有乘客，但父親的頭和背部受創嚴重，必須住院好一陣子。

因爲肇事者脫逃，所以無法要求賠償。父親已經六十多歲，醫生表示他可能沒辦法再從事開車的工作。

「爲什麼是我父親……」當時我氣得渾身發熱！一輩子辛勤工作的父親，爲什麼會遭逢這種命運？老天爺的眼睛究竟在看哪裡？

我的能力有限，平常每個月給家裡三萬，年中、年底發獎金時就十萬。雖然父親出車禍，我也很想多盡點心力，但畢竟只是才進公司五年的一介上班族，薪資多少大家心知肚明。更何況現在這麼不景氣，公司甚至連加班費、交際費等都拚命刪，我眞的已無能爲力。

而且我也隨時都在留意自己會不會上了被裁員的黑名單。公司對於黑名單上的員工，不是不讓接聽電話，就是問什麼都不回應，做法相當幼稚，像逼到牆角一樣慢慢把員工孤立起來。

始終無法融入公司氣氛的我之所以還能留到現在，是因爲到目前爲止我的業績還算不錯。萬一稍有不愼，恐怕就會立刻上榜吧！同事們都等著看好戲。我才不想稱他們的心呢！一切都靠工作成果決定。我自認爲比無能的上司加倍努力，但擬定裁員名單的總負責人就是我那無能的上司。

千晶的父母在鄉下開了一家針織工廠。

一家員工不到十人的小工廠。目前是千晶的哥哥繼承家業當老闆。

工廠的經營狀況也不是很好。儘管機器不捨晝夜地運作，聽說每個月軋本票還是趕得焦頭爛額。心想多少貼補家用也好，千晶從她微薄的收入中攢了錢寄回家去。

這是前不久才發生的事。深夜時分，千晶哭著跑來我的住處。

我吃驚地問她發生什麼事？千晶肩膀顫抖地吐露實情。

說是一個偶爾會介紹插畫工作給她的男生，居然硬要帶她上賓館。

「要是妳不答應的話，以後就別想在這個世界出頭！」

千晶難掩恐懼的神色訴說對方幾近惡言威脅的行徑，然後像個孩子似地撲進了我的懷裡。

擁抱著千晶柔弱的肩膀，我已經氣憤地簡直要咬碎自己的牙齒！

我、千晶、我的父母和她的雙親，都是拚命努力的人。並沒有懷抱太大的野心，只希望能擁有小小的幸福人生。可是就連如此卑微的期待都無法實現。倒楣、不幸的遭遇就像地方惡霸一樣不斷欺負弱者。

有一天，我似乎遇到一件值得說是幸運的事。

那天我救了眞帆子。從此我，不，應該說是我和千晶的命運，開始轉往意想不到的方向。

「婚禮打算什麼時候舉行呀？」眞帆子的父親近藤坐在餐桌對面，一邊吃著油花分布均勻的牛肉片一邊問我們。

放在餐桌中間的厚鐵鍋不斷冒著熱氣。雖說同樣都叫做壽喜燒火鍋，但眼前放進鍋裡的高級牛肉和各種豐盛食材，跟我和千晶在破公寓吃的可說是天壤之別。

「應該會在年底前舉行吧？」眞帆子回過頭來徵詢我的意見。

「嗯，我也是這麼打算的。」我放下筷子，愼重地點點頭。

「那你現在的工作什麼時候會辭呢？」近藤舉起啤酒杯往嘴裡倒，並用舌頭粗魯地舔乾淨沾附在人中一帶的啤酒沫子。

「我預定做到下個月。」

近藤總算露出滿意的笑容。

「是嗎，你的職位我已經準備好了，你什麼都不必擔心。就連薪水，也是你現在的兩倍。所以你盡快來我這裡上班吧。」

我盡量表現得不卑不亢，禮貌地點頭致謝。

「不要說這些啦，我希望蜜月能去巴黎。」

「眞帆子，妳也眞是的！連結婚的日子都還沒定呢！」眞帆子的母親坐在近藤旁邊苦笑說。手上戴著一顆閃閃發亮的綠色寶石大戒指。雖然不知道那是什麼寶石，肯定價錢是我現在薪水的好幾十倍吧！

「你說呢，巴黎好嗎？」

「只要眞帆子覺得好，我哪裡都可以。」我微笑回答。

「喂喂喂，千萬別太寵老婆呀。否則就會跟我一樣。」近藤龍心大悅地調侃我。他嘴巴上說得那麼好聽，要是我對眞帆子態度蠻橫，他不給我當頭棒喝才怪！

近藤在東京擁有十個加油站、好幾棟的出租大樓和三溫暖。只有國中學歷的他孤軍奮鬥、白手起家，據說資產不下二十億。

我完全沒有料到能夠跟近藤的女兒眞帆子以這種形式交往。

半年前，剛好遇上眞帆子被沒開燈的腳踏車撞傷的場面。眞帆子跌倒在地，騎腳踏車的人跑了。我趕緊上前關心地問：「妳沒事吧？」

說來丟臉，我對自己的臂力沒什麼信心。倘若她是被素行不良的男人們糾纏的話，我恐怕就只能跑到附近的派出所報警了。

但年輕女孩被腳踏車撞傷、按著腳蹲在地上，這種情況任何人都幫得上忙吧。我讓她靠著我的肩膀，送她回到距離不遠的家。她家可說是豪宅，讓我有些驚訝，但也僅止於此。她讓我沉浸於小小的自我滿足，我還想跟她道謝呢。

根據我給她的名片，眞帆子打電話到公司來。從那時起，情況便開始有了轉變。

或許眞帆子是個不食人間煙火的千金小姐吧，也不能說她行事不太深思熟慮，應該說是她對我的拔刀相助似乎產生了特別的情愫。

爲了表示感謝，她說要請我吃飯。一開始我客氣地婉拒了，但還是拗不過答應見面。之後她就經常來電聯絡。

的確我不敢說心中沒有鬼。儘管已經有了千晶這麼重要的情人，接到眞帆子的不斷邀約卻也難掩喜悅。

眞帆子全身上下就像芭比娃娃一樣華貴，理所當然地穿戴名牌服飾，約會時總是毫不猶豫地點名貴紅酒。對於這些奢華的行徑，她從不懷疑也不以爲意。這種生活於我則是前所未有的經驗。

「你這個人，眞是不可思議！」眞帆子常常笑著這麼說我：「一點物慾都沒有。」

我沒有答腔。也許眞帆子是在讚美我，但我聽起來卻有種被侮辱的感覺。會這麼認爲，我想是因爲兩人生活水準的差距太大。

「像你這樣的男人，我頭一次遇到。」

那還用說，像我這樣的人怎麼可能出現在眞帆子身邊嘛。就算有，眞帆子也不會看在眼裡。如果不是那段小小的偶遇，她是我一生都遇不到的對象。

我恰如其分地敷衍眞帆子。我以爲像她這種千金小姐對我不過是一時興起的新鮮感吧。

然而自從她招待我去她家，介紹我給她的父母認識時起，事態的發展已超越了我的想像。

對方不厭其煩地問起我的學歷、家境。當時我還搞不清楚，看來我是被品頭論足了一番。換句話說，他們正打量我適不適合成爲眞帆子的丈夫，以及作爲近藤事業的繼承者。

接受過幾次招待後，近藤開口說：「你對現在上班的公司滿意嗎？」

我不知道他問這話的意思，一時之間答不出話來。

「不如我換個方式問吧！你認爲自己在公司裡最後能幹到什麼職位？課長還是經理？假設那樣算是出人頭地，你又得到了什麼？」

我看著近藤回答：「工作並不只是求出人頭地。」

「是爲了滿足感還是成就感嗎？」

我沉默不語。

「我其實想說的是，就算你表現出很大的成就，薪水還是固定的。賺到錢的是公司不是你個人。更何況公司這種組織，對工作實力的評估並不公平。公司裡面不做事卻享受好處的人多得很，不對，應該說幾乎都是那種人。我再告訴你一點吧，努力做事的人是不會被老闆認同的，只會被當成工蟻對待，這就是所謂的組織！」

近藤深深靠在椅背上，注視著我的反應。

「我沒有學問，但因爲抓到機會才能有今天的成就。你有學問，但似乎沒有什麼好機運。」

我知道近藤說得很對，但我也有自尊心呀。

「我不知道你說這些話的目的是什麼？」

「很簡單呀。眞帆子是我的獨生女，而我要找一個能夠繼承我事業的人。」

「那個人就是我？」

「沒錯。」

「我可以發問嗎？」

「請說。」

「爲什麼是我呢？」

「首先是眞帆子看上你了。其次我也觀察你很久。你的頭腦好，又肯努力做事。其實如果只是頭腦好或只會努力做事，我也不會看好的。如果沒有兼具這兩種條件，就成不了人上人！我剛剛也說過了，現在你所缺少的就是機會。我想我可以給你這個機會。」

我又陷入了沉默。

我得拒絕才行。我和眞帆子來往並非抱著這種居心。我已經有千晶了，我和千晶說好以後會結婚的。

可是我說不出口。當我要開口時，內心深處的什麼東西就會跳出來阻止我。近藤似乎看穿了我的心，又補充說明：「我已經調查過你的一切。你的優秀和勤奮，毫無缺點。在公司的業績也受到好評。所以我的條件有兩個。第一你必須入贅到我家，第二就是好好解決身邊的問題。你應該知道我在說些什麼。」

我的視線落在腳下。

「既然我要身爲長子的你入贅，對於你在鄉下的父母和妹妹夫妻就不會虧待他們。至於工作要看表現，但至少也能給你比現在的公司更滿意的待遇吧。」

在近藤充滿自信的眼光注視下，我看到的不是自己的鞋子，而是他高級拖鞋的鞋尖。

「好吧，我跟你分手就是了。」千晶邊哭邊抽噎地說。

「不要，我不是這個意思。拜託妳，不要跟我分手。」我激動地搖頭。「我也很難受呀。可以的話，我也希望跟最愛的千晶結婚。假如那樣大家都能幸福，當然那麼做是最好的了。可是做不到呀。就算我再怎麼拚命努力，也只是被當作工蟻對待。就像千晶妳一樣，說什麼想當繪本畫家，卻只能忙著打工。我的父母和妳的父母，都爲了籌錢而筋疲力盡。我們應該突破這樣的人生！」

「你是說爲了錢嗎？」

我有些躊躇。

「的確那也是原因之一，但我這麼做並非只是爲了錢。老實說，我也想嘗試發揮自己的實力，如今機會來了，不是嗎？可以的話，我想放手一試！」

千晶垂下了眼光。

「我想你一定辦得到的。」

「嗯，我會努力的。」

「過去你只是運氣不好。我一直都認爲你絕對不是那種在公司裡被使過來喚過去的人。」

「我的人生將要開始，一切都將改變了。」

「所以我要跟你分手。你自己去開創你自己的人生就好了。」

我抓了一下頭說：「啊……不對，我不是那個意思。就是因爲千晶在我身邊，我才想那麼做。假如千晶要和我分手，那我又何必跟她結婚呢！我甘願一生都當工蟻就好。」

千晶渾身無力地說：「不要再說了。」

「不，不管幾次，我都要說。我愛的人只有妳一個。今後我還是會依然愛著妳。」

「我根本不懂你在說些什麼！」

「千晶，人爲什麼一定要結婚呢？難道只能靠結婚才能證明我的愛嗎？」

千晶沉默了。

「我愛妳呀，千晶。」

我對著千晶伸出雙手。千晶有些抗拒，但馬上就軟化在我懷裡。

「拜託妳，不要離開我。」

我將臉埋在千晶散發甜美氣息的秀髮中。然後嘴唇遊走在她的耳朵、眼睛之間，慢慢地褪下她的衣物。

和千晶做愛，感覺總是那麼美好。

我們身體結合的瞬間，就像果醬般融合在一起。只要能和千晶做愛，我就能獲得無上愉悅的滿足。千晶的身體因爲快感而微微顫動，有時我甚至懷疑自己會不會因爲太愛她而殺死她。我無法想像千晶離開我，光是想到這一點就令我發狂。

我當然也會跟眞帆子上床。

眞帆子胸部和腰部的曲線比例只有千晶的一半。儘管眞帆子稱讚我的「床上功夫」不錯，我卻一點也不覺得高興。對我而言，和眞帆子做愛只是賦予我的工作而已。若是將取悅眞帆子當作我的工作，我就能努力以赴。大概和跟千晶上床不同的地方，就在於這份努力吧！當然我不會吝於努力。今後只要眞帆子希望，我隨時都願意提供讓她滿意的床上服務。

辭去工作，到準岳父近藤的手下開始新的工作。工作雖然辛苦，但還是比以前的公司輕鬆一百倍。儘管我不善於與人交際，但因爲受到近藤的認定，任何人對我都是另眼看待。爲了滿足近藤對我的期待，我也很認眞學習，腳踏實地做事。

千晶總算答應了我的請求，只是情緒還不是很穩定。見面時，還以爲她心情不錯，卻又突然低落地哭泣，有時還會失控地罵我，甚至喃喃自語說「我好想死」。這一切我只能很有耐性地概括承受。

我用前一家公司領到的退職金和近藤給的善後費，解決掉壓得千晶家難以喘氣的期票問題，也貼補了自己家裡的生活費。還足夠讓千晶搬離那個沒有浴室的破房間，住進一房兩廳的新公寓。

「這樣子妳就可以好好畫畫了。」

從那個時候起，千晶不再抱怨什麼了。

我和眞帆子結婚了。

婚禮十分豪華。出席來賓都拍拍我的肩膀說「你要成爲滿足你岳父期待的事業繼承人呀」，我也挺起胸膛回答「我會努力的」。

從鄉下來的父母和妹妹夫妻倆大概是被這婚禮的陣仗給嚇到了，乖乖地縮坐在會場的角落。

結束廟會般熱鬧的婚禮和喜宴後，我們一如眞帆子的期望到巴黎進行了兩個禮拜的蜜月旅行。眞帆子比我想像的要有體力，每天我都得陪她瞎拚、吃飯和觀光。晚上還有床上的服務要做。我雖然累得筋疲力盡，但工作上依然堅持不打馬虎眼的原則。

趁著眞帆子沒注意的空檔，我從巴黎打了好幾次電話給千晶。這也是沒辦法的呀，千晶的語氣聽起來很低落。

「妳再忍耐一陣子吧。回國之後，我馬上去找妳。」

「嗯，我等你。」

不知道是不是線路有問題，有種波浪般的雜音插進來干擾。

「也許會有小孩也說不定。」

千晶突然這麼說，我驚訝地說不出話來。

「你們兩人的小孩……」

「不會吧，怎麼可能會有那種事！」我自己都聽得出來連忙否定的聲音顯得狼狽不堪。

「我一直都在想著一件事。」

「什麼事？」

「既然我不能成爲你的妻子……」

「千晶……」

「那就變成你們的小孩好了。」

我不懂她在說些什麼，只好再度保持沉默。

「這麼一來，一生都能在你身邊了，不是嗎？如果是你的小孩，就算是手牽手、一起睡在同一張床上，別人也不會說些什麼。如果可以重新活過，我希望成爲你的小孩。」

「可是那樣子我就不能跟千晶親熱了，那可不行。」我故意半開玩笑地說。

千晶沒有回答，只是發出如風般的輕笑聲在我耳畔拂過。

「我愛妳，千晶。我打從心裡愛著妳。」

「我也是，我心中只有你。」

「好想早點見到妳。」

不料才一回國，就忙著到處拜會、整理新家，結果來到千晶等著我歸來的公寓已經是一個禮拜之後。

好久不見的喜悅，讓我滿心雀躍地按著門鈴。可是沒有人回應。難道千晶出門了嗎？白天打電話時，她也沒接。也許是因爲我延遲了一個禮拜才來找她，而嘔氣不肯應門吧。沒辦法我只好掏出備份鑰匙開門走進屋裡。

客廳裡的燈是熄滅的。按下開關，屋裡收拾得乾乾淨淨，一眼就能看出千晶的個性。冰冷的空氣沉澱在地板上，感覺不出有人的存在。

我失望地推開臥室的房門。不禁開口笑了出來。

「原來妳在家呀？」

千晶睡在臥室的床上。

「妳好壞呀，想讓我失望是吧？我好想妳喲，千晶。」

我走上前去俯身親吻千晶。

「我有帶禮物給妳。聽說是女生很喜歡的名牌包，一定很適合千晶用。來，起來吧，不要生氣了，給我一個吻嘛。」

可是千晶說什麼就是不肯張開眼睛。

「千晶！」

沒有動靜。

我伸手搖晃千晶的身體。

究竟是怎麼回事？

一時之間，我無法領會發生了什麼事？

一看到小桌上的空瓶和玻璃杯，背部立刻冒出雞皮疙瘩。

「千晶……千晶……」

不可能的，妳不要跟我開玩笑！

我像念著咒語一般不斷重複呢喃，漸漸地失去了冷靜，開始用力搖晃她的身體。然而千晶再也沒有睜開她的眼睛過。

我眞的做得很過分嗎？那樣眞的讓千晶很痛苦嗎？

我蹲在床邊，一邊嗚咽一邊思考。

「事情爲什麼會變成這樣？我是這麼地愛妳。我不是一再說過這一生我都會愛著妳嗎？爲什麼妳要這麼做，千晶？」

我對她的愛情沒有謊言，只是沒有採取結婚的形式而已。這世界上即便結了婚但沒有愛情的夫妻比比皆是；相較之下，還不如像我們這樣沒有結婚卻依然擁有愛情的關係，要純潔許多。爲什麼妳就是不能明白這個道理呢？

隔天起，只要時間許可我就會去千晶的公寓。

眞帆子似乎起了疑心。可是只要聽到我說「爲了我們的將來，我正在研讀經營管理的課程」，她也就一臉感動的理解說「你辛苦了」。這個時候我眞要感謝她不是個聰明的女人。

每次一打開門，我都期待千晶像平常一樣滿面笑容地出來迎接我，但她始終都保持同樣的姿勢躺在床上。

不過失望也只是一開始的時候，我立刻就釋懷了。因爲在我眼前的的確是千晶本人。只要這樣就足夠了，不是嗎？我只要能夠見到千晶便感覺十分幸福。

我將臉靠在千晶身旁，一如她還活著一樣地不斷傾吐心聲：「我愛妳，千晶。我這一生永遠都愛妳。我的心意不會改變。」

我當然知道千晶已經死了，我並沒有發瘋。但我還是覺得來到這裡，心裡會很快樂。因爲來到這裡就能見到千晶。正因爲這麼想，每天才能努力工作。

可是千晶已逐漸發生變化。死後的僵硬現象解除後，身體開始腐爛，並發出異臭。再這樣下去，馬上就會被附近的人發現。那可不行！那樣我就會失去千晶。我不想將千晶交給任何人。我只希望千晶永遠都是我一個人的。

第二天，我訂了一台大型冰箱送到公寓。然後又買齊了各種鋸子和刀子。

在房間裡，我俯視著千晶。我心愛的千晶。我美麗的千晶。下定決心後，我拉開蓋在她身上的棉被，脫去她身上的所有衣物。雖然已經開始腐爛，千晶的肉體依然豐滿。乳房還保有美好的形狀，陰毛也還烏黑柔亮。

我緊緊抱著千晶。或許我們之間從來也沒有過如此感傷而又興奮的做愛經驗。我射了好幾次精。感覺千晶依然有著達到高潮時的微微顫動。

結束之後，爲了永遠記住她的身影，我注視了好久才將千晶抱進浴室。

足足花了兩個月。

千晶才完全變成我的人。或者應該說，我和千晶合爲一體。如今我身體的每一個部分都有千晶的存在。千晶一定很滿意吧！我們已經不會再分離。這一生我們都將在一起。

我和千晶合爲一體後，公寓就沒有必要了。我跟不動產仲介解約，並將裡面的東西全都處理掉。

當然，我還是繼續寄錢給千晶鄉下的家裡。只要繼續寄錢，她鄉下的家人即便沒有看到她本人，也還是會認爲她在某處過得很好吧。

「醫生說已經有十個禮拜大了。」眞帆子有些害羞地告訴我她懷孕的消息。當時我們正面對面坐在家裡客廳的沙發上喝著紅茶。

我驚訝地看著眞帆子的臉好一會兒。心中想著：連計算都不必了，眞帆子肚子裡的小孩肯定就是我和千晶合爲一體後做愛誕生的生命。

一經確定後，我整個人因爲喜悅而渾身發熱。

千晶回來了。她變成我身體的細胞，進入眞帆子體內，成爲一個新生命回來這裡了。

「你不高興嗎？」眞帆子的問話讓我回過神來。

「怎麼會呢！我就是因爲太高興才不知不覺地發起呆來。」

眞帆子笑著聳肩問我：「你說，男孩好還是女孩好呢？」

我毫不猶豫地回答：「女孩子好。」

「爲什麼？」

「沒有爲什麼，肯定就是女孩子。」

「爸爸一定會希望有個男孩子來繼承家業的。」

我從沙發椅站起來，跪在眞帆子前面，將臉貼在她還沒有隆起跡象的肚子上。

「我不管別人怎麼說都無所謂。反正即將出生的就是女孩子。」

千晶回來了。我好想快點見到妳。趕快將妳的身影、妳的臉，讓我看看！

「還要等好久喲。」

「瞧你這麼愛小孩，以後肯定有罪受！」眞帆子的笑聲從我頭上飄降下來。

我只是對著眞帆子的肚子裡面，不斷呼喚千晶的名字。

公車站牌

「今天晚上幾點會回來？」杏子在玄關前詢問。

水泥地板上擺著一雙擦得乾淨明亮的皮鞋。木島一邊將腳伸進鞋裡一邊簡短回答：「晚點吧。」

「是嗎，路上小心。」杏子的神情安定，臉上浮現輕柔的笑容。

木島微微點一點頭，走出家門後，像平常一樣直接走向公車站牌。

回想起一年前被杏子發瘋似的舉動搞得坐立難安，簡直就像惡夢一場。

回憶起當時種種，至今依然心有餘悸。

你去哪裡？跟誰見面？真的是去工作嗎？哪有工作會忙到不能回家呢？不要再騙我了，我希望你說眞話。不能說嗎？你不敢說吧？你做了什麼不敢跟我說的事呢？

一切都是從他和奈美的關係曝光那天開始的。杏子責備木島、哭泣、呼喊、大吵大鬧。從那一天起每天都過著發瘋似的生活。

木島甚至從杏子的瘋狂中感覺到殺氣。杏子眞的瘋了嗎？我會被她殺掉吧？令人不得不如此想像的狀況每天持續不斷。

木島有外遇，奈美又不是頭一次發現。過去也曾有過幾段小出軌。每一次杏子固然會和他爭吵，但還不至於讓日常生活陷入停擺，只要木島道歉或是無視於她的抗議，事情總是能獲得解決。然而這一次卻無法簡單了事。

以前都可以被原諒，何以這一次要鬧得這麼嚴重呢？老實說連木島自己也想不透。

「我已經受夠了，你不明白嗎？我已經不想再忍受了，我不能原諒你！」

在女兒由佳面前她還能保持平靜，但是杏子身體裡面的五臟六腑始終保持沸騰狀態，只剩他們夫妻倆時就會開始激烈爭吵。

木島也做好了心理準備，打算跟杏子離婚。雖然也很在意女兒，但事到如今也只有離婚。趁現在跟年輕的奈美開始新的人生倒也不錯，更何況奈美也很想跟自己結婚。

不知道是不是察覺木島已經做出了最壞的打算，還是激動過後的恍神狀態已然結束，杏子就像是著了魔似地又開始扮演模範妻子的角色。

離婚的話題因此無疾而終。

冬天的空氣鑽進領口，木島不禁縮起了脖子。排列在公車站牌前的都是些熟面孔。都是一早起來就面帶倦容、毫無霸氣的上班族群。大概連像樣的早飯也沒得吃吧，眞是可憐！木島心想。

每天早上家裡的早餐可說是精心製作的豐盛菜色。烤魚、煎蛋和頗費工夫的燉菜。特別訂購的紀州酸梅和相模小魚乾。還有滷海苔和醬菜。味噌湯的食材也是每天變換。常言道「早餐是一天活力的來源」，一邊用舌尖剔除夾在齒縫裡的鯛魚刺，木島不禁十分贊同。

晚餐通常很少在家裡吃，但也很美味。杏子知道木島愛吃日式口味的菜，餐桌上總是少不了生魚片、燉菜和烤魚。這一年來，杏子的做菜手藝進步不少。大概是信守那句俗話吧：「要抓住先生的心就得先抓住他的胃。」

不只是做菜，任何地方杏子也都表現得完美無缺，令人讚嘆。她本來就做慣了家庭主婦的工作，或者應該說她除此之外也別無長處。從來沒有發現過馬桶、洗臉台或浴缸有骯髒的時候，床單經常是漿洗得平平整整、枕頭套兩天便換洗一次。就連木島每天穿去上班的西裝，也都搭配好襯衫、領帶和襪子，起床時早已掛在衣架上。手帕和面紙也都事先幫他準備好，錢包裡的錢也是前一天晚上用剩下的額度，未嘗稍減。

以前杏子會吵著要買衣服、買化妝品、想跟其他朋友出外旅行什麼的，現在倒是沒有了。木島只將家用的部分以現金交付給杏子，其餘自己管理。所以杏子在零用錢方面也無法囉唆什麼。

身為丈夫的木島知道，這一切都是杏子為了挽回他的心所做出的努力。

不曉得杏子是否知道他和奈美之間依然持續往來。杏子什麼都沒有說，大概是已經認命了吧。假如杏子無所謂也就算了；其實對木島而言，這種情況再好不過了。

偶爾他也會對杏子產生某種感慨。這種感慨與其說是愧疚，應該算是一種同情吧。老實說吧，就算杏子如何完美地扮演妻子的角色，木島的心是不會回頭的了。杏子已經不算是女人。別說是產生情慾，木島就連碰她一下都不肯。

不過木島心裡也這麼想：現在的生活方式還算不錯。回到家就有好吃的飯菜、舒服的睡床等著。到處整理得井井有條。決不抱怨、態度順從的妻子。女兒也平安健康地成長。木島在這個家裡可以自由自在、大搖大擺，儼然就是名副其實的一家之主。

「我好高興喲！」奈美興奮地大叫，衝上來抱住木島。

好香呀。一種年輕女孩的氣息。今年二十六歲的奈美，儘管嘴裡常說「我已經上了年紀」，看在木島眼裡依然是炫目耀眼的青春年華。

木島一向很滿意奈美身上所擁有的彈性。包含肌膚、聲音、表情，甚至連她身上的氣息也都很有彈性。

「妳不是想要這個嗎？」

木島繞到奈美背後，將項鍊繫在她纖瘦的脖子上。他挽起奈美細心呵護的一頭秀髮，髮際飄散出溫潤的甜美芳香。

一個月前，奈美假裝若無其事地要求要買。抬頭看著他擺出一副乞憐的眼神，不特意強調想買的心情。同樣的動作換成是杏子，只會惹得木島更加不愉快，根本不會想買來給她。但是奈美做卻贏得木島的歡心。

「我可以一直等著你嗎？」

奈美又說出了她經常說的那句話，就像是一個月來一次的生理現象一樣。可是木島仍如第一次聽到般地靜靜回答：「我知道這樣很對不起妳。」

奈美茫然地望著窗外，時間剛好是一分鐘。用彷彿自我陶醉在目前這種狀況的眼神點頭說：「對不起，我不該說這種讓你困擾的話。我只要擁有和你這樣相處的時光就夠了。」

每一次這樣你來我往，總讓木島感覺像是一場預先排好的舞台劇似的。

結婚已經十三年了。

十三年前，木島的確也曾愛上過杏子。因爲愛她所以結婚。

可是很快就感到困惑。每天爲生活奔波，結婚初期每晚的做愛也開始顯得索然無味。說得明白點，木島對於伸手就能觸及的杏子已經燃不起慾望。

由佳出生後，杏子便辭去工作，專心在家打理、照顧小孩，木島對她的興趣就更低了。木島開始向外尋求滿足。那是一種和杏子之間不可能產生的甜美刺激，也是證明自己還是男人所不可或缺的行爲。

「現在方便嗎？」星期天早上正在看報紙時，杏子突然詢問木島：「是有關由佳升學考的事。」

由佳要上國中了。

「我還是打算讓她讀那裡。」

這件事之前就聽杏子提過。T學園是有名女子大學附屬中學，入學競爭相當激烈。

「能夠上的話最好。只是萬一考上了，通學很辛苦吧？」

從家裡出發單程就要一個半小時。

「由佳說她已經做好心理準備了。」

「由佳呢？」

「去補習班了，今天早上有課。」

「最近很少看到她人。」說完後，木島心想肯定又要被念了。那都怪你每天都那麼晚回來！可是杏子只是輕輕地搖頭說：「由佳的事我會處理。你每天那麼忙，由佳也很清楚這一點。」

木島看著杏子的臉，杏子一如平常表情平靜。

「好吧，既然她本人都說想要念那裡了，就報考那裡吧！」

「那面試的時候，要麻煩你了。」

「我知道了。」

「還有入學費和學雜費會比較貴。」

「沒關係的，爲了女兒的將來嘛。」

「是嗎，那我就這麼去處理了。」

由佳順利地考上了。

不管怎麼樣，木島還是覺得很高興。餐桌上有著紅豆飯和鯛魚（譯註：日本人家中有喜事時慣例會吃的東西），這時候喝點日本酒感覺更好。

「爲了獎勵妳，爸爸要買東西給妳。由佳想要什麼呢？」

由佳看都不看木島一眼，冷冷地回答：「不用。」

「爲什麼？」

「我沒有什麼想要的東西。」

「不會吧？不然我們一家三口一起去溫泉旅行，怎麼樣？」

由佳慢慢抬起了眼睛說：「省省吧。已經沒有入學面試了，不需要再裝出一家和樂的假象吧！」

意想不到地被女兒如此搶白，木島先是一驚，馬上感覺很不愉快。心想難得有的好心情被破壞了。由佳站了起來。

「慢點！」

「幹嘛？」由佳回過頭問。

「我的話還沒說完。」

「那我想跟你說話的時候，你人又在哪裡？」

由佳衝上了二樓。

「由佳她那是什麼態度！」

女兒可以用這種方式跟父親說話嗎？木島用指責的眼神看著杏子。杏子不以爲意地低著頭道歉說：「對不起，她現在正是青春期。待會兒我會說說她的。」

杏子走進了廚房。她那無所謂的態度讓木島有種唱獨角戲的感覺。

餐桌上沒有其他人。只剩下木島的怒氣和狼狽感飄浮在空中。

木島和奈美做了一趟小旅行。

星期五一天就能往返的大阪出差，木島故意留在當地，等待奈美到來一起去京都歡度周末。

一月的京都氣溫冷得打從腳底涼起。街頭還留存著正式的年節氣氛，感覺有些嚴肅。在奈美的要求下，兩人去了三千院和寂光院。抽了籤也買了護身符，奈美高興得像個孩子似的。

古都的傳統風情和安靜舒適的旅館。精緻美味的京都料理和好喝的清酒。夜晚盡情地享受了奈美年輕的肉體。

「眞不想這樣子就回去！」棉被中，裸身的奈美將臉埋在木島胸口低喃。

「我也是呀。」

上演著相同的戲碼，兩人享受著濃情的周末。

星期天傍晚木島回到家時，家裡沒有半個人在。

妻子和女兒的行李都搬了出去。

餐桌上留下一張寫著「我和由佳離開這個家了」的簡短字條，一看就知道是杏子的筆跡。

發生什麼事了？一時之間，木島還搞不清楚狀況。他想打電話到杏子娘家確認，卻又覺得那麼做太丟臉而放棄。

總之先等到明天再說吧，又還不確定出了什麼事。木島心想。

隔天一早被電話聲給吵醒。是律師打來的。冷漠的口吻提出了離婚的要求。

「慢點！你剛剛說了什麼？我可沒聽我太太提過那種事！」

「關於這件事，已經完全交由我辦理了。總之希望能直接跟木島先生當面談。」

「那是當然。」

當天下午請了半天假，木島前往約好的飯店咖啡廳。

等待他前來的是一位年過半百的女律師。木島還以爲杏子會一起列席，不禁有種受騙的感覺。

「杏子她眞的說要離婚嗎?」才一坐下，還來不及交換名片，木島便開口問。

「我已經收到正式的委託了。」

「離婚的理由是?」

「簡單來說，就是她已經受不了木島先生的女性關係吧。」

雖說對方是律師，被頭一次見面的女性揭露自己的罪狀總是感覺很不愉快。

「看來木島先生似乎不太能接受。」

「那還用說。」

「那麼，請看這個。」對方遞上一份檔案夾。

裡面有所有的紀錄。沒錯，所有的一切都被記錄了。這一年來每天回到家的時間。外宿和假日的外出。旁邊的欄位還註記了是否喝醉、有沒有香水味等細節。不知道什麼時候被調查的手機通訊紀錄。餐廳和寶石店的收據。的確那是花在奈美身上的錢。以前木島都會小心翼翼地處理掉，因爲杏子不再囉唆，他便逐漸失去了戒心。當然還有被拍下的照片，就是所謂的徵信調查。有他從飯店和奈美住處出來的畫面、也有一起出去小旅行的情景。最令人驚訝的是連昨天在京都的照片也赫然出現其中。

突然間體內所有的血液都往腦門直衝。

事到如今還說這些幹什麼？杏子不是早就認了嗎？她不是乾脆什麼都不說，繼續扮演妻子的角色、繼續過著平穩的生活嗎？由佳考上學校，今後正要用功讀書的時期，杏子卻提出離婚，到底她頭腦裡面在想些什麼？

「木島先生是否接受木島太太的離婚請求呢？」

木島抬起僵硬的臉說：「開什麼玩笑！」

「我們當然沒有開玩笑。」

一時之間，木島無言以對。

「如果……我是說如果我和妻子離婚了，由佳也不會給她的。由佳是我的女兒。」

「令千金也已經確定要和母親一起生活了。我想現在要改變她的想法，身爲父親的你恐怕有困難。」

「我太太一個人哪有能力照顧由佳。經濟上的問題要如何解決？」

「事實上木島太太已經確定好工作和新住處了。所以她具有充分的子女監護權資格。」

「怎麼可能？她是什麼時候……」木島茫然地看著律師的臉。

「木島先生應該可以接受了吧？」

木島不斷用舌頭濡濕乾燥的嘴唇，思索著該如何回答才好。

結果幾乎在同意杏子要求的贍養費和包含由佳成人前所有學費在內的養育費等條件下，兩人離婚了。說實在的，木島是不得不離。木島就像旁觀者一樣，看著自己的婚姻按照事務性的程序走向結束。

律師強調木島付出的代價不算高，只是一般行情。甚至還加上一句，要木島感謝杏子的手下留情。木島失魂落魄地在所有文件上簽名。

裝做若無其事的樣子，突然間說要離婚。只能說這根本是杏子早就計畫好的。難道她是想要看到木島驚慌失措的狼狽樣嗎？還是爲了復仇？木島壓根都沒想到杏子的心地會那麼狠。

可是婚姻結束就結束吧，反正可以替代杏子的人到處都是。木島暗自慶幸從此可以和奈美結婚。奈美的年紀比杏子小了一輪。想到從此可以跟奈美開始新的人生，木島反而覺得因禍得福。

早晨，木島按照平常的時間出門。

自己燒開水沖泡即溶咖啡，用烤箱烤了麵包來吃。

奈美還躺在被窩裡。說什麼血壓低早上爬不起來。

和奈美再婚將近一年了。

被周遭的人調侃老牛吃嫩草，感覺還算不壞。事實上，剛開始和奈美的新生活充滿了上一段婚姻已然失去的刺激感。

但現在呢？

明明是家庭主婦，眞不知道奈美整天在家裡都做了些什麼？常常木島回到家，晚飯卻還沒上桌。就算做好了，也多半是買現成的。

「這個在百貨公司地下美食街買的比目魚可是有名餐廳做的耶，肯定比我做的好吃嘛；而且剛好兩人份，買現成的也比自己做要省錢。」這是奈美的說法。

偶爾她下廚，做出來的不是炸魚排就是焗烤通心粉等油膩膩、騙小孩的玩意兒。

廁所裡的毛巾，十天來都是掛著同一條。浴室的天花板和瓷磚接縫處都已經開始發霉了，走廊上堆積著一層白色的灰塵。每天早上都得花費工夫找尋洗好的襯衫，襪子少一隻更是家常便飯。

「爲什麼家裡總是亂糟糟的？」木島曾經表示不滿。

奈美一本正經地回瞪木島說：「人家有做家事呀。」

「那爲什麼我的襪子總是只剩下一隻？」

「你又不是小孩子，襪子只有一隻，不會自己找呀？那是你自己的襪子耶。」

家事對奈美而言，是發掘不出任何價值的工作。不，應該說這世界上的大部分主婦都這麼認爲吧。單調重複的工作，她們早做膩了。男人也能理解，所以也毫不抱怨地接受了。大部分的家庭在這方面已達成共識。木島發覺一定是自己過去的家庭太完美，因爲杏子做得太好了，已經習慣那種完美的家庭生活，木島便難以適應現在的情況。

明知道木島每個月還有養育費要付，奈美還是吵著要上餐廳吃飯、要買新皮包。儘管木島下班回來已經累壞了，奈美依然毫不留情地要求履行夫妻義務。那個曾經說出「只要能在一起就感到幸福」的同一張嘴巴，如今卻說「一個禮拜兩次算是正常的呀」。

今天早上木島又斜眼看了一下窩在床上的奈美，獨自走出家門。

最近開始感覺有些口臭。可能是因爲早上空著肚子就出門的關係吧？

木島慢慢地抬起頭看著天空。出門前和奈美有些爭吵，因爲冰箱裡不但沒有麵包，連牛奶也喝完了。奈美躺在床上，語聲含混地說：「只要走到車站，賣早安套餐的店到處都是。」

「起床做早飯給老公吃，會要妳的命嗎？」

奈美轉過身去又繼續睡。

「你根本就是被以前的老婆給寵壞了，就像是被過度保護的兒子一樣。再這樣子下去，你的老年生活會很辛苦的！」

來到公車站牌附近，依然看見那些面帶倦容的上班族群排隊等車。過去木島曾嘲笑他們缺乏霸氣，如今自己也跟他們沒什麼兩樣。

那一年裡，杏子盡力扮演妻子的角色。木島還以爲她是爲了挽回丈夫的心。可是木島錯了。木島總算發現自己錯了。原來杏子花了一年的功夫，將木島改造成需要別人用心照顧的龜毛丈夫。那就是杏子的復仇！

對於至今才發覺眞相的自己，木島打從心底覺得可笑。

原以爲自己笑出聲，卻在開口的瞬間，笑聲轉化成濃濁的嘆息。站在公車站牌前的上班族們全都驚訝地回過頭來，木島不由得將視線看向腳下，默默地排在隊伍的最後。

烏黑柔亮

希望事情不要鬧大。

孝次在心中低喃。

當然這種事得不動聲色才行。表面上還是要裝出感情受創的男人的模樣。

坐在對面的留美子，低垂著頭，身體一動也不動。她是個臉蛋和身材都不怎麼樣的女人，只有一頭及腰的長髮烏黑濃密。

從她雙手握著束在腦後的頭髮，不斷撫摸的動作來看，雖然猜不透內心在想些什麼，但是留美子應該已經知道了。孝次有一個多月沒有跟留美子做愛。作爲讓她察覺事態的助跑時間，孝次覺得應該已經給的夠多了。

「我也不好受呀。可是再這樣下去，只會害了留美子妳。」

分手的基本原則，就是堅持關心對方的姿態。這是孝次和許多女人吵吵鬧鬧分手後，所學會的伎倆。就算撕裂了嘴，也千萬不能說出眞話，也就是我對妳的熱度已經冷了、我喜歡上其他女人之類的話。

「妳一定能找到比我更好的男人！」這種慣用的說法也不會侮辱人。都已經說得這麼白了，對方應該也很清楚男人的心早已經不知道跑多遠了。

只要孝次一沉默，房間裡就籠罩在無可救藥的靜謐中。

他和留美子交往了半年。很難說是長還是短。唯一能確定的是，這時間已經足夠讓他對這段感情生膩。

留美子是孝次前去客戶公司資材部推銷產品時，第一個跟他說話的人。

「我想拜會一下業務方面的負責人。」孝次對著坐在最靠近門邊的留美子這麼說，她很客氣地收下了孝次遞上來的名片。

「麻煩請稍待。」

留美子起身轉過去時，一頭長髮令人驚艷。孝次本來就喜歡女人留長髮，但是留到這麼長，不禁令人感受到女人的執著。

除此之外，留美子沒有讓人留下什麼印象。她長得既不漂亮，制服裝扮也不入時，看起來比實際年齡足足老了十歲。當時孝次幾乎沒有注意到留美子的存在。

留美子的公司主要製造清涼飲品的自動販賣機。孝次前去推銷的是機器內部所需的操控零件。

在留美子的帶路下，孝次來到了會客室。可惜別說是對方經理，就連課長、股長也沒能見到，出來接見的只是一介小職員，而且年紀還比孝次小，叫做大山。

如果對方腦筋清楚還能接受，偏偏是個朽木不可雕的蠢材，不管孝次多麼用力說明，對方就是不肯認眞聽。不，應該說是聽也聽不懂吧。最後大山只收下簡介回覆說：「我們內部會做討論的。」

一聽就知道根本毫無誠意。

就算肯向上司報告產品內容，孝次實在不認爲大山那傢伙有正確說明的能力！

但也不能因爲這樣就放棄。只要有一絲交易的可能性，再怎麼是個蠢材的客戶，孝次都願意低聲下氣、好話說盡、緊咬著不放。想到最近的業績不如預期，孝次不免急了起來。

之後孝次又去拜訪了幾次，出來接見的都是那個蠢材大山。看到那傢伙擺出一副「又來了」的表情，儘管孝次覺得很受辱，還是得裝出笑臉打招呼：「我又來了。那之後，有沒有什麼結果呢？我沒有催你的意思啦，請貴公司務必考慮看看。」

對於極盡諂媚能事的自己，有時孝次也會想吐。

對方也曾用過假裝不在的招數。這時出來說抱歉的總是留美子。

「不好意思，大山他現在外出……」

留美子其實很不會說謊。

「是嗎，那就下次吧。請幫我跟大山先生問好。」

孝次按捺住一肚子怒火，擺出笑臉，看來今天只有先回去了。眞希望除了那個蠢材，能夠見到其他腦筋靈活一點的人。至少是個股長，不，就算主任級也無所謂。即便同樣被敬而遠之，至少孝次還能保有一定程度的自尊心。可惜就是找不到機會。

一個月來，業績都在進退維谷中。孝次顯得意氣消沉。每天都出門爲業務奔走，卻得不到好結果。回到公司，上司動不動就提起裁員的隻字片語，用威脅的方式要業績。經濟這麼不景氣，要我去哪裡拿到新契約嘛？價格和功能上，能做的都做了，除非大幅降價，根本就不可能賣得出去！上面的那些人只不過是因爲過去的泡沫經濟才有好成績，該不會錯把幸運當成自己的實力吧？現在到處都跟地獄一樣不好經營，他們懂不懂呀？

就在這時，孝次在新宿和留美子不期而遇。

「啊！妳好。」打過招呼之後，孝次才開始慌張。

因爲當時孝次連留美子的名字都還不知道。

「晚安。」留美子輕輕點頭致意。

「晚安。哎呀，因爲不是穿制服，我還以爲認錯人了。」

的確，穿著淡駝色套裝的留美子，跟印象中的樣子相差甚遠。仔細想想，公司制服通常是以年輕女孩爲主設計的。以留美子的年齡來說，難怪會那麼不相稱得令人同情！

穿著便服的留美子雖然稱不上漂亮，卻還算符合年紀的打扮。難得她將頭髮挽起來，呈現出一種艷麗的感覺。

「眞是不好意思，昨天你來我們公司，可是好像還是沒有給你好的回音。」留美子一臉抱歉的表情。

孝次搖搖頭說：「不敢，哪裡的話。無法讓貴公司了解我們的產品，是我的能力不足。」

「你很拚命嘛。」

「這是業務人員的宿命呀。」

留美子只是嘴角稍微鬆動了一下。

「那就再見了。」面對說出這句話打算結束交談的留美子，孝次突然脫口表示：「如果方便的話……」

「嗄？」

「如果方便的話，一起吃個飯好嗎？嗯……因爲經常麻煩妳……」

留美子困惑地側著頭說：「我一點也沒有幫過你什麼呀。」

「千萬別那麼說，妳總是很親切地幫我聯繫呀。」

「也只有那樣子而已呀。」

「老實說，我現在肚子好餓。但一個人吃飯很沒有意思，所以想說如果妳能一起用餐該有多好。」

肚子餓是眞的，但對一個人吃飯倒是不排斥。孝次其實是想，或許藉此可以從留美子口中探聽出該公司的內情。若是能夠掌握到競爭對手的招數和方針，或許有助於今後的行銷手法。

留美子猶豫了一下，終於點頭說：「那我該答應囉。」

「當然要答應。」

兩人走進了歌舞伎町的居酒屋。這時孝次才知道她叫野上留美子，大自己七歲，現年三十五歲。

「跟我這種老女人吃飯，一點也不好吃吧？」留美子喝了啤酒有些醉意後，語氣也跟著輕鬆許多。

她果然是個平凡無趣的女人。會提出這種問題就是最好的明證。

「那種會說自己是老女人的女性，其實內心根本不是那麼想的。」

留美子立刻就聽出孝次的諷刺，表情瞬間僵住了。

孝次趕緊搖頭說：「不，我不是那個意思。我只是覺得妳不適合用那種方式說話。我要說的是：男人並非都認爲年輕才有價値。」

「眞的嗎？」

「倒是妳跟我這種年輕人在一起吃飯，才會覺得沒有滋味吧？」

「你眞會說話。」

留美子舉起酒杯。泛紅的臉頰，看來應該不只是喝了啤酒的關係吧。

任何一家公司總會有一兩個這樣的女人。適婚年齡已過、又不能成爲工作上的女強人、因爲做些打雜的工作受到同事喜愛。儘管周遭圍著人，卻不難想像十年後依然孤獨的身影。她就是這樣的女人。

鼻子兩側淡淡地冒出了雀斑。一笑眼角就出現魚尾紋。或許過去也曾有過被稱讚可愛的時期吧。

孝次不停地喝酒聊天。不管他說什麼，留美子總是嘴角浮現曖昧的笑容聽著他說。彷彿孝次說的笑話、諂媚、探聽內情、虛張聲勢、抱怨等所有話語，都被留美子的身體給吸收了進去。

當天兩人便上了床。

孝次一向習慣和女人逢場做戲，事實上那一天他也很想有女人陪。因爲酒喝多了，一旦激起慾望，就必須獲得滿足。

不管對象是誰，第一次做愛時的期待和緊張感交織，感覺總是很棒的。

可是兩人上了床，正要進入那個的瞬間，留美子脫口一句「我要被殺死了」，卻讓孝次當場疲軟。

的確在那種時刻，女人會說不同的話。但是聽到「我要被殺死了」卻是頭一遭。剛聽見時，孝次馬上恢復冷靜，感覺自己好像惹上了不必要的麻煩。

黎明時分，在飯店房間裡，孝次試圖讓自己的身體避開留美子披散在床單上的長髮，一邊用無法聚焦的頭腦思考。

自己的女性關係確實很隨便，但也不應該搭上這種女人呀！

這次算是失策吧？

一想到這裡，心頭就做疼。

兩人默默地走在天色還未全亮的巷道裡，打算到大馬路攔計程車。孝次不知道留美子心裡在想什麼，只祈禱她最好什麼都沒想。

路上看到一群烏鴉聚集在垃圾堆裡。牠們咬破半透明垃圾袋，吃著裡面的食物。烏黑的羽毛直逼視線，孝次不禁皺起了眉頭。

「你討厭烏鴉嗎？」留美子問。

「大概沒有人會喜歡那種東西吧？」孝次語帶客氣地回答。事到如今他才發現，至少用那種語氣說話也算是一種自我防衛吧。

「可是烏鴉的頭腦很好。你知道烏鴉吃有硬殼的東西時，懂得利用汽車幫忙壓碎嗎？」

「嗯，我聽說過。」

「烏鴉也會說話。」

「怎麼可能？」

「真的。我以前有養過。烏鴉會說出不知不覺間聽到的話。」

「妳居然有那麼奇怪的嗜好，飼養烏鴉？」

「常有人這麼說我。」

喜歡烏鴉的女人？

孝次隔著肩膀看著留美子。她放下的長髮在黎明的風中搖曳。離開飯店前她淋過浴，所以濡濕的頭髮一如烏鴉的羽毛烏黑發亮。

之後有一陣子，孝次不再去留美子的公司。一方面是想最好不要和她碰面，同時也對簽下新契約不抱任何希望。

偏偏這時，那個蠢材大山來電了。

「事實上，我們課長說要聽聽你的說明。」

「眞的嗎？」孝次不禁用力握著話筒。

「想請你明天來一趟，不知道方不方便？」

「當然沒問題。」

「那就兩點見。」

「我知道了。」

總算可以跟那個蠢材以外的人見面。雖然不滿只是課長級，但總比主任、股長要好。不能要求太多。孝次心裡的期待越來越膨脹，趕緊一鼓作氣準備好相關資料。

課長充滿善意地聽孝次說明。因爲和其他公司相較，功能和價格的差別不大，唯一値得強調的重點是：過去用的都是按鍵式，現在則是改爲觸控式。

「這種方式可以容易操作。操作簡便代表更有效率。」

還好除了書面簡介外，連實品也帶來了，說明起來得心應手。

結果對方簽了安裝五台操控零件的契約。讓孝次得到了上司的稱讚和同事們羨慕的眼光。

正式簽約那天，孝次在新宿的高級餐廳接待對方課長。送走課長後，同行的大山一時興起提議「咱們小酌一杯吧」。孝次其實並不想將重要的接待費用花在大山這種人身上，但畢竟對方是客戶，實在無法說不。

兩人走進便宜的居酒屋。蠢材大山倒是很會喝酒，而且話也很多。從大山透露該公司內部的各種傳聞中，無意間聽到了留美子的名字。

「野上小姐？是不是就是每次幫我聯繫的那位小姐？」孝次故意裝傻詢問。

「沒錯，就是那個頭髮留得很長的老小姐。你不要看她那樣，野上小姐可不是省油的燈呀！」

「不是省油的燈？」

孝次停下正在挾取杯中酸梅的手勢。

「她的副業是放高利貸。」大山突然回過頭來。

「眞的嗎？」

「我們公司有很多人跟她借錢。所以她在公司裡算是很有影響力。」

「是哦。」

「不過比起市面上的高利貸，她的利息算便宜啦。」

「該不會大山先生也跟她借了錢吧？」

大山聳聳肩說：「我只借了一點，大約五萬吧。因爲這個月的加班費被刪不少，我的帳目一下子應付不來。所以只好用下一次的獎金來還。」

沒有能力的男人，連嘴巴也很大。當然少了這種人幫忙也是傷腦筋。

「該不會連課長也……？」

「我猜想應該是吧。課長他年過四十才生第三胎，日子應該不好過吧。」

隔天孝次打電話給留美子。

「謝謝妳。」說完，對方反問：「謝我什麼？」一副裝傻的語氣。

「是妳幫我跟課長說的吧？」

留美子沒有回答。

「我就知道果然是妳。」

「我只是把你對工作的熱忱傳達給課長知道而已。一切都是你自己努力的成果。」

「眞的很謝謝妳的幫忙，事實上我已經放棄了。」

「沒什麼啦，你不必放在心上。」

「妳其實沒有必要幫我的。」

孝次一面想起那一晚，不禁有些愧疚感。

「你眞的不必在意，是我自己高興這麼做的。」

「請問……」

「什麼事？」

「我們還能見面嗎？」

一方面是因爲高興，當然也另有居心。孝次在心中打如意算盤。雖然簽約了，但僅此一次並無意義。好不容易建立了關係，他希望以持續性的方式繼續發展業務。

留美子停頓了一下回答：「嗯，可以呀。」

「太好了。」

隔天孝次和留美子又見面了。

而且很自然地兩人也上了床。

不久之後，留美子開始一到周末就會留宿在孝次住處。

她總是右手捧著裝有睡衣、盥洗用具的大包包，左手提著超市的購物袋，按下孝次公寓的門鈴。她很會做菜，在床上也幾乎不抗拒孝次的各種要求，感覺還算不壞。

那一瞬間脫口而出的「我要被殺死了」，聽久了也很習慣。不，事實上那句話反而像是能刺激孝次的情緒一般，某種程度而言可說是增加對自己性愛表現的信心。

孝次的住處是一棟破舊狹小公寓的頂樓。東南邊有一個寬闊的陽台，看出去的景觀不錯。有時爲了通風，晚上會整夜開著睡覺。

清晨，孝次醒來發現留美子不在床上。陽台落地窗的窗簾飄動著。這麼說來，昨晚沒有關上窗門便睡了。孝次起床，探頭看著陽台。

「妳在做什麼?」

就在留美子回頭的同時，一隻烏鴉飛走了。

「剛好昨天有些吃剩的東西。」

「喂!妳那麼做沒問題嗎?烏鴉不會攻擊妳吧?」

「怎麼可能!烏鴉其實是很膽小的。」

「拜託不要養成習慣，到時候搞得陽台都是鳥大便，我可不喜歡。」

「知道啦。」

可是從那一天起烏鴉便經常飛過來。

孝次一個人在的時候還好，只要留美子一來烏鴉便出現。明明叫她不要餵養，留美子還是會偷偷給烏鴉東西吃。這一點烏鴉似乎也記住了。

有一次孝次和留美子做愛的時候，看見落地窗全開的陽台欄杆上，停著一隻烏鴉目不轉睛地看著他們。

「滾到一邊去！」孝次狠狠地丟出拖鞋趕走烏鴉。

「放心吧，牠又不會怎樣。」

「感覺很不舒服呀。」

「習慣了就會覺得可愛的。」

「妳饒了我吧。」

孝次用力撐開留美子的雙腿。留美子毫不抗拒地配合任何孝次要求的動作和姿勢。濕熱之中，孝次盡情釋放自己的慾望。

我要被殺死了。

留美子又發出了那句呼喊。

孝次和留美子已經上過多次的床。

一方面是因爲他想要做愛，而且有人幫忙打掃房間也不錯，還能吃到有媽媽味道的精湛家庭料理。

當然最主要的目的是爲了簽約。新契約的締結很順利，每個月都有三、五台的訂單。就這樣兩人交往了半年以上。

然而半年過去，剩下的就只是「膩了」。

我幹嘛跟這種女人交往呢？

還不是爲了簽約、爲了自己的將來。不然我爲什麼要跟這種女人在一起！

親她眼睛就閉上。撫摸她胸部，乳頭就豎起。用手指一掏，立刻就濕了。孝次對留美子的諸多反應感到很厭煩。那頭長髮纏繞在自己身上的感覺也很恐怖。「我要被殺死了」的呼喊如今聽來充滿了演技，十分掃興。

夠了！孝次心想。受夠了，我已經膩了。

要不是爲了簽約。要不是因爲那樣，誰要跟那種女人在一起嘛！

久美是三個月前出現在留美子公司總務部的女孩。

才二十三歲，染成咖啡色的及肩長髮和塗成紫紅色的指甲，彷彿是時髦女子的象徵一樣。最重要的是她的青春年少。吹彈可破的臉頰肌膚，看起來就像是隨時會冒出熱氣一樣的新鮮。

那一天剛好在中午吃飯時間，孝次和久美坐在留美子公司附近一家蕎麥麵店的同一張餐桌上，因為她身上穿的制服跟留美子一樣，孝次便主動搭訕。當時心想：好可愛的女孩子！胸部也很大，是我喜歡的類型。

從事業務工作六年了，孝次很懂得如何取悅女人。總之只要能讓久美笑，她就是自己的人了。

果不其然，孝次說的笑話惹得久美哈哈大笑。孝次趁機邀請對方喝咖啡。久美顯得有些困惑，但最後還是點點頭。

年輕女孩就是好！孝次看著久美，不禁深深感嘆。至少視覺上很舒服。彷彿也能感受到她的耳垂、嘴唇等充滿彈性的觸感。她身上的氣息、聲音、動作，一切都顯得新鮮帶勁。聽到孝次說笑而有些誇張的反應、笑聲，感覺是那麼動人。完全不看報紙政治、經濟版面的白痴程度也顯得很可愛。

第一次見面，孝次就要到對方的手機號碼。

通過幾次電話後，女孩總算答應出來約會。

第三次的約會，兩人接吻了。

下一次的約會，孝次成功約對方一起上賓館。

當知道久美是常務的姪女時，孝次不禁大吃一驚。

「我怕說出來，會給人先入爲主的偏見。我不喜歡。」

當然孝次表面說「沒有關係」，其實內心早已小鹿亂撞。

「不過常務要是知道妳和工作上的男性交往，不會很生氣嗎？」

「我才不怕呢。伯伯對我很好。他們家都是兒子，所以拿我當親生女兒一樣疼愛。他如果對我生氣，我就不跟他說話！」

我出運了！孝次心想。

他開始在腦海中模擬接下來的業務推展。

已經沒有靠留美子的必要了。以後不用靠留美子也能拿到契約了。

看著對面僵硬如石頭的留美子，孝次不禁懷疑自己怎麼能和這種女人上過那麼多次的床。她不就是個老女人嗎？

「我很感謝留美子。妳真的很幫我，謝謝妳。」孝次說著甜言蜜語。年輕男人就有年輕男人的特權，當然孝次打算把這項特權一直用到最後。

「你想分手了是嗎？」

「不，不是分手，應該說是回歸從前的關係。」

「就算以後沒有新契約可簽也無所謂嗎？」

孝次故意誇張地垂下肩膀說：「我沒想到留美子居然會說出這種威脅的話。」

留美子的臉頰變得僵硬。

孝次和留美子的關係，說難聽點，就像是母子一樣。一個透過付出來找到自我價值的母親，和捨棄男性自尊甘心接受付出的兒子。母親始終相信兒子沒有自己就活不下去，但幾乎所有的兒子時機一到就會捨棄母親。而且是一刀兩斷地捨棄。同樣的，孝次也即將棄留美子而去。

「我已經下定決心了。」

留美子腳步有些前傾地走出房間，她的身影還沒有完全消失在門邊時，孝次的腦海中已經開始盤算其他事情。

這下子總算可以叫久美來我的住處了。

今天晚上是久美頭一次造訪孝次的房間。

當然房間裡已不見任何留美子的痕跡。孝次徹底打掃過了。萬一留下她的長髮什麼的，豈不是毀了一切。久美可是今後帶給他幸運的天使呀。關係搞砸了，孝次可說是賠了夫人又折兵。

久美一走進屋裡，就好奇地到處探索，看到什麼就不停地發表天眞的感想：「洗手間還眞是煞風景耶」、「你的廚房大概從來都沒有用過吧」。

「陽台好大喲！視野不錯，感覺很舒服。」

「那是這房子唯一的優點。」

兩人上了床。

孝次盡情地撫摸久美白皙有彈性的胸部、圓潤光滑的臀部和濡濕的私處。久美發出嘆息般的嬌喘，扭動的身軀更加深了快感。

兩人用很長的時間翻雲覆雨後，天空漸漸發白。

歡愉的疲倦感讓孝次像被海水推上岸的魚兒一樣倒臥在床上。

染成紅色的光線從窗簾的縫隙中投射進來。

「是朝霞嗎？」

「應該是吧。」

久美從被窩裡起身，拉開窗簾。陽光如同沁開的血絲一樣揮灑進來。

「你看！好漂亮喲。」

「是呀。」

孝次敷衍地回答，眼睛茫然地看著天花板。

現在提起簽約的事還太早吧？可是和留美子分手以後，如今只能靠久美。下個月的契約還沒拿到，哪有閒功夫繼續耗呢？

只要幫我送個名片，幫我製造和常務見面的機會就行了。

這點小事應該沒關係吧？

孝次從床上坐起來時，剛好久美也回來了。

可是她的表情跟剛剛走出陽台時很不一樣，僵硬了許多。

「怎麼了嗎？」

「有烏鴉。」久美說。

看來那傢伙又飛來了。

「噢，妳說那隻烏鴉呀！沒東西吃的時候常會飛來。」

「那隻烏鴉會說話耶。」

「好像是吧。我也是最近才知道的，烏鴉居然會說話。」

不過久美大概是太驚訝了，臉上表情依然緊張。

「可是烏鴉說的話是……」

「烏鴉說的話？牠說了什麼？」孝次覺得好玩而問，久美卻吞吞吐吐不肯明說。

「怎麼了？烏鴉說了什麼？」

久美慢慢地將視線移向腳下。

「你……」

「我？」

「你在這裡做了什麼事……？」

「我做了什麼事？」

久美彷彿想拋開什麼可怕的東西一樣用力搖頭說：「沒……沒有啦。我要回家了。」

「嗄？」

孝次連忙從床上跳下來。

「慢點！妳要回去，到底是怎麼回事？」

「總之我要回去了。」

「幹嘛那麼急呢？」

可是久美沒有回答。她只是用膽怯的眼光看著孝次，迅速地收拾東西。

「我要走了。我想回家。你讓我走。」

不久之後，久美像是被追趕一樣地奪門而出。

留下孝次一個人站在房裡發呆。

究竟是怎麼回事？烏鴉到底說了什麼話？

孝次回頭看著陽台，一時之間感覺留美子好像就站在那裡，不禁整個背部起了雞皮疙瘩。停在鐵欄杆上的烏鴉看著他，烏黑發亮的羽毛和留美子的長髮，影像重疊。

「你到底跟久美說了什麼？」

然而烏鴉像是嘲笑他一般，發出長鳴後拍動烏黑的翅膀飛去。

孝次衝到陽台上問：「告訴我呀，你說了些什麼？」

直到烏鴉的身影在朝霞中變成一顆小黑點，孝次仍站在那裡動也不動。

分身

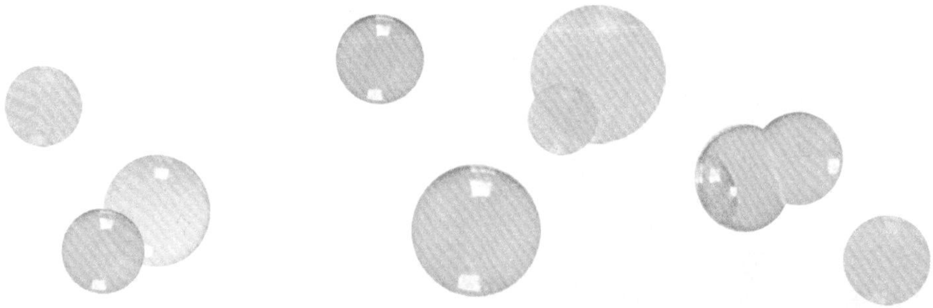

妻子志保年輕貌美。

心地善良、個性害羞。有著一頭柔美的秀髮、豐滿的胸部，稚嫩的肌膚就像是剛洗完澡一樣清新可人。天眞浪漫，卻又有些膽小，像個孩子似地怕見生人，經常跟在我身邊。總之她是個完美無缺的嬌妻。

可是我就是有點無法相信我的妻子。

已經是老交情的房屋仲介業者草野到我辦公室來，拿事前答應給他的文件。

「怎麼樣呀，田崎所長，娶了年輕老婆是否很辛苦呀？」因爲文件還沒完全整理好，草野邊等邊開始調侃我。

結婚已經半年了。當初沒有盛大舉辦喜宴，只是在親朋好友見證的典禮後，以家庭晚宴的形式招待朋友和工作上認識的人。其中也有草野，所以他見過志保。

「哪有什麼辛苦不辛苦的。只要在一起生活，年紀根本就毫無影響。」田崎一邊輕輕地左右搖動旋轉椅一邊回答。

「不要太逞強了。所謂的代溝，不是那麼容易跨越的。你們相差有一輪吧？」

「是呀，沒錯。」

其實是差了十五歲。田崎四十一，志保二十六。剛開始田崎還暗自地對年齡差距引以爲傲，如今連說出口都會覺得難爲情。

「眞令人羨慕呀，你們。不過你會不會擔心，所以不敢隨便留她一個人在家？」

「怎麼會？」

田崎知道草野想說的是什麼。

爲什麼那麼年輕的女孩願意嫁給像你這樣的男人呢？

的確，志保究竟看上了我哪一點？我對自己的長相毫無信心，也缺乏逗女人發笑、開心的本事。之前問志保時，她笑笑回答「你就是這點好呀」。當時田崎覺得這就夠了，仔細想想，卻又感覺自己的問題好像被一笑帶過。

田崎算是晚婚，之前也和其他女人交往過。並非沒有考慮要結婚，只是那些女人儘管嘴巴和動作表現出心儀的樣子，一旦發現條件比田崎更好的男人，立刻就轉移目標、棄他於不顧。田崎見識到女人的慾望之深與心機之重，只能讓他咋舌稱奇！

「不過話又說回來，你算是娶到了個中極品。我看過許多年輕女孩都很輕佻隨便，她卻有著現在難得一見的端莊乖巧。」

「她只是樸實無華吧。」

「現在要找到樸實無華的女人，就跟要找到處女一樣的困難呀！」說完草野的嘴角上揚，語帶好色地追問：「怎麼樣呀，你老婆？」

「不知道。」

「怎麼可能會不知道呢？」

又有什麼關係。是不是處女我無所謂。她雖然年輕，畢竟也二十六歲了。過去少不得談過一、兩次戀愛！老實說，我是眞的不知道她是不是處女。第一次的時候，她似乎害怕地身體顫抖，但要以這個作爲依據恐怕也稍嫌薄弱吧。

門開了，一名職員拿著牛皮紙信封走了進來。

「讓您久等了，納稅的資料整理好了。」

「嗯，謝謝你。」

草野接過去後，放進了胸前的口袋。田崎感覺如釋重負，他實在不想再繼續這個話題。

「那我告辭了，幫我跟你老婆問好。」

「謝謝。」

草野離開後，田崎用力伸了一下懶腰才又繼續開始工作。

經營這間會計師事務所已經八年了。

大學畢業後，先是在大型會計師事務所累積三年的實務經驗，取得會計師資格，之後打算儘早獨立，終於在三十三歲那年完成目標。當初以爲只要獨立創業，人生就能步上軌道；不料步上軌道後，就有擴展事業的慾望。不知不覺間，竟然已經年過四十。目前底下有五名職員，經營狀況還算不錯。

現在幾乎所有公司都用電腦作帳。由於軟體完備，普通程度的作帳一般人只要學個三天也能操作。客戶辦公室事務處理的自動化，對會計師事務所而言，是造成經營困難的主要因素。目前田崎已將會計業務交由員工處理，自己則是負責出門跑客戶。只要交由我們處理，就能確實做到節稅！和稅務局之間麻煩的往來作業，也能變得順利。不管辦公室自動化有多進步，這些工作都是一板一眼的制式化電腦流程所不能勝任的！田崎跑客戶的主要工作，大概就是對客戶宣傳以上的說詞吧。

如果沒有特別的事，通常七點就能回到家。

餐桌上已經擺好晚餐。志保的廚藝很好。其實與其說是她菜做得好，應該說是做得合田崎的口味。雖然不是什麼豪華菜色，可喜的是以蔬菜和魚爲主、精心烹調的家常菜。

換好衣服坐上餐桌。因爲田崎不太喝酒，直接就開始吃飯。

「今天呀，我早上去超市。面紙在大特賣，所以我買了好多。對了對了，今天收報費和收破爛的都有來過。」

志保一如平常地說話。像這樣在吃晚飯時向田崎報告一天的經過，已經成了她的習慣。

「然後一直到傍晚，我都在忙著整理花圃。」

他們住的公寓有一個還算寬闊的陽台，最近志保熱中於種花蒔草。

「然後呢……」志保說到一半笑了。

「怎麼了？」

「樓上曬的衣服掉下來了。」

「噢。」

「那是一件很華麗的內褲。黑色蕾絲的丁字褲耶！樓上的太太看起來人很文靜，不是嗎？我眞是嚇了一跳。」

田崎並不討厭像這樣一邊聽著志保說些無傷大雅的家常閒話一邊吃飯。甚至他還樂在其中呢。因爲可以確認自己不在的一天，妻子是怎麼度過的。

「還有呢，我以前公司的同事打電話來，說什麼還是一樣不景氣，今年的年終恐怕沒指望了。我以前的公司到底怎麼樣了？」

「到處都大同小異啦。不過放心好了，那裡的經營很健全。」

「那就還好。」

認識志保是因爲她是田崎客戶公司裡的職員。那裡的總經理和田崎交情不錯，一聽到田崎還單身，便開口說我有個好人選。田崎客氣地拒絕了，但抵不過急性子的總經理強迫推銷，兩人當下被安排見面。當時田崎完全沒有想到對方會是這麼年輕的女孩子，所以有些驚訝。一看到志保，他心裡就想「完蛋了」。這麼年輕的女孩，根本不可能拿我這樣的男人當作結婚對象。可是第二天總經理來電告知「對方有意思」時，田崎著實大吃一驚。

「其實那孩子的母親是我妹妹。我妹妹十年前過世了，那孩子似乎跟繼母處得不太好。剛進我們公司時，她就說想早點找個好人家結婚。怎麼樣，願不願意考慮看看呢？」

聽了這話，田崎多少有點同情對方。但對他而言，不啻是天外飛來的幸運。要不是有著那樣的理由，志保怎麼可能考慮跟自己結婚呢。因此田崎的答覆是：一切都要麻煩你了。之後他們一起用過幾次餐，感情也發展得很順利。

「我跟朋友聊的時候，突然想到我也要來學學電腦。」

「怎麼會突然那麼想呢？」田崎伸手挾鹽烤鋇鱒的手勢停了下來，抬起頭來問。

「因爲聽到她說網路、電子郵件什麼的，感覺好像很好玩。以前上班的時候多少也碰過電腦，但幾乎都只用在工作上。朋友們都取笑我，說什麼不敢相信現在這種時代居然還有人不會這些！」

本來志保就不太喜歡出外走動。這也是田崎喜歡她的優點之一，然而她整天在家還是會覺得無聊吧？

「我朋友還說，這樣可以找到同樣喜歡電影的網友。」

田崎看著志保。雖然她是自己的妻子，但仍是個體的存在，並非丈夫的所有物。只是想到志保想要擁有自己的世界時，儘管覺得心胸狹窄，還是忍不住有種抗拒的心理。

「不行嗎？」

「當然可以呀。」田崎像是要甩開自己的小家子氣，肯定地回答。「辦公室有不用的電腦，搬回來給妳用吧。機型有些舊了，使用倒是沒有問題。」

「眞的嗎，好高興呀。」

「看來最近妳得好好讀操作手冊才行囉。」

「那有什麼問題。」志保無邪地笑著點頭。

想到自己是唯一能和志保相擁而眠的男人，田崎就滿足得渾身顫抖。彷彿要確認志保的每一寸肌膚，田崎的舌頭滑過她那濕潤的窪地、形狀奇妙的突起。志保柔弱地接受田崎的愛撫。

「我愛你。」志保氣若游絲地低喃。

「我也愛妳。」田崎回答。

可是不管田崎和志保如何的肌膚相親，他就是不能完全相信志保。

眞的是這樣子嗎？眞的只有我碰過她嗎？

雖然沒有親口問過，這個疑問卻經常盤旋腦海中。

她會不會只是嘴巴上那麼說而已？她該不會是在跟我演戲吧？之所以和我結婚其實不過是想早點離開那個家吧？如果有其他比我更好的男人出現，她會不會很容易就變心了呢？

給了她電腦後，志保立刻沉迷其中。

一如小孩子拿到新玩具一樣，餐桌上的話題也都是繞著電腦打轉。

「今天呀，我頭一次寄電子郵件給朋友。一開始看操作手冊，根本看不懂。正準備放棄時，突然就傳送出去了。所以當我收到朋友的回信時，忍不住高興地大喊萬歲呢！」志保興奮地探出身體說話，連飯都顧不得吃。

「還有，我也試著上網。找到許多跟園藝有關的資料，眞是太驚訝了。上面還有組合的很漂亮的盆花照片，每一張都値得我參考。我想我會愛死網路！」

看見志保如此高興的表情，感覺倒也不壞。

「以後我打算用電腦來整理家用帳簿。身爲會計師的太太，如果家用管理不好，豈不太丟人了嗎！」

「妳一點一點學習、慢慢來就好。」田崎故作大方地回答。看著志保越是興奮雀躍，他的胸口就像是夾雜砂粒似地不舒坦。他告訴自己未免想太多了。

煩人的公司年度結算順利結束。田崎帶著旗下員工去吃河豚料理。事務所沒有提供員工旅遊的福利，取而代之的是一年舉辦兩、三次的豪華聚餐。

員工之中，已經有兩人通過考試，一個明年要考，還有兩名負責事務處理的女孩。五個人都是二十來歲，和志保的年齡相仿。

果然是食慾旺盛，一盤河豚生魚片馬上就被吃得見底。田崎這才想到，他們年輕人畢竟重視塡飽肚子多過享受美食，早知道就應該選別家店才對！不禁苦笑地看著他們。

火鍋上來時，資歷最久的村上突然問坐在隔壁的元木：「元木，你還在玩那個嗎？」

「喂，不要這樣子好嗎？在這種地方。」喝了魚鰭酒，眼眶有些泛紅的元木抵著村上的側腹說。

「你們說的那個是什麼呀？」還沒考取資格，仍在實習的須藤開口問。

「就是網路戀愛呀。」

一聽到村上的回答，兩個處理事務的女孩立刻發出尖叫聲。

「原來元木先生喜歡玩那種東西呀？」

「沒有啦，根本就跟戀愛沒有關係。」元木回答的有些結巴。村上趕緊笑著接話補充：

「這傢伙就是有這種不良嗜好！」

「怎麼會呢！我身邊的朋友也在玩呀。甚至有人在網路上認識成爲一對的。我也有上聊天室。」

田崎默默地聽著他們的交談。最近的年輕人，不只是在工作上，連娛樂也充分運用到電腦。或許對於熟悉電動遊戲的這一代而言，是很正常的現象吧；但是對田崎來說，電腦就只是一個方便工作的工具。

「就是說嘛！現在最流行的就是網路約會。才不是什麼不良的嗜好啦。」

須藤一說完，村上便露出煞有介事的笑容說：「可是這傢伙聊天的對象是男的耶！」

所有人都一臉吃驚地看著元木。當然田崎也嚇了一跳。元木連忙搖手否認說：「不，事情不是那樣啦！我沒有那種特殊嗜好。我只是想惡作劇，結果就變成這樣了。」

「什麼，到底是怎麼回事？」

女孩子們難掩好奇地探出了身子。

「一開始我報上女生的名字。可是我並沒有什麼不良居心，該怎麼說才好呢？我只是想做一個和現實生活分離的自己吧，同時也想和女孩子做朋友，體驗一下女人之間是怎麼聊天的。因爲比我想像的有趣，不禁玩得過火，竟然演變成和男網友通信往來。」

事務所的女孩子彼此互看。

「因爲我想又不會跟對方見面，只是存在於網路上的關係而已。」

「元木先生在網路上扮演什麼樣的女性呢？」

「二十三歲的粉領族，喜歡看愛情小說和卡通。剛開始一個人住，有點內向和寂寞。」

「討厭，根本就是故意的嘛！」

女孩子們都笑得花枝亂顫。

「就是好玩嘛。反正又不用公開長相和名字，有什麼關係呢。」

「對方眞的認爲你是女的嗎？」田崎開口問。

「嗯，好像是眞的。」元木抓著頭回答。

「可是就算看不到臉聽不到聲音，通信久了，不可能不會被發現吧？」

「對方就是沒發現呀。反過來說，因爲我是男人，所以很清楚男人理想中的女孩是什麼樣子吧？自然可以掌握彼此的對話脈絡。也就是說我可以故意說出對方想要的回答，讓自己成爲對方理想中的女性。」

「原來如此！」

「所以所長，我才說他這是不良的嗜好呀！」

村上從鍋裡撈出魚肉放進嘴裡。

「事實上最近對方要求見面，讓我很困擾。看來他好像是來眞的！」

「眞是罪過喲。」女孩子們調侃中夾帶些許的責備。

「可是我眞的沒有想到事情會變成這樣呀！」

「那你打算怎麼辦？」

「我總不可能跟他見面吧，而且我也怕眞相揭露對方會惱羞成怒。所以最近也都不回信了。」

「所以這件事就算結束了？」質問的人是田崎。

「是呀，對我而言是結束了。雖然對方還會繼續傳送信件過來，可是過一段時間應該也會死心吧。反正就算他去調查，除了電子郵件信箱，也查不到我的地址和電話。對方也不能怎麼樣呀。」

「你說的倒簡單。」

「不知道對方是誰，這就是電子郵件的好處。」

女服務生進來，送上最後的河豚稀飯。明明已經吃了那麼多的火鍋，他們的食慾似乎無法滿足，立刻忘記剛剛的話題，興趣完全轉移到稀飯上面。

夫妻倆坐在餐桌上，今天田崎又是聽著妻子的生活報告。

附近鬧了一場小火災、常去的超市快要倒了、樓下的太太懷孕，說完這些瑣事，最後肯定會提到電腦的話題。

「看來妳已經打得很習慣了嘛。」田崎邊說邊挾起煮得軟爛的芋頭放進嘴裡。

「還可以吧。」

「認識新朋友了嗎？」

「新朋友？」

「就是因爲彼此共同的興趣而通信往來的朋友呀！」

「噢，你是說聊天室和BBS呀。」

「原來妳也知道嘛！」

「這種事當然知道囉。」

「志保妳沒有進去玩玩嗎？」

「但對方都是不認識的人呀。」

「就是因爲不認識才好，不是嗎？既然妳學會玩電腦，就應該多嘗試才對。」

「也許你說的對吧。」

「認識新朋友也不錯呀。」

「說的也是。」

志保將白帶魚的骨肉分開。看著她靈巧運用筷子的白皙手指，田崎不禁動了慾念。

「可是……」志保抬起了頭，田崎和她眼神交會了一下。「我看還是不要好了。」

「是嗎。」

儘管自己說了鼓勵的話，但聽到妻子否定的結論，田崎感到十分放心。像這樣子就好，田崎不希望有任何一點改變。既沒有必要去改，也沒有必要被改。他很滿意志保和自己的想法一致。

接連好幾天工作都很忙碌。

許多客戶同時結算，忙得田崎甚至無法回家吃飯。

五天沒有回家吃晚飯了。再次看到志保精心烹調的菜色排列在眼前，田崎感覺心情很好。最愛吃的白豆煮得鬆軟可口。田崎一高興還打破平常不喝酒的習慣，開了啤酒來喝。

「好多人寫信來，我好驚訝喲。」

一開始田崎不知道志保在說些什麼。

「我都不知道，原來有那麼多人使用網路耶。」

「妳也開始玩啦？」

田崎喝酒的動作停了下來。

「是呀。我在BBS貼文章，請對園藝有興趣的家庭主婦跟我連絡。我是想既然你都鼓勵了，我也該挑戰看看。」

我不是鼓勵妳，只是隨口說說。

「不過感覺還不錯。沒想到跟不認識的人聊天也那麼好玩。」

妳不是說沒興趣嗎？

志保替田崎喝乾的酒杯注滿啤酒。

「對了，今天的牡蠣和豆腐味噌湯怎麼樣？」

「嗯，很好吃呀。」

志保聽了很高興地說：「太好了。那是我在網路上認識的家庭主婦寫信告訴我做法的。」

田崎有些失望。爲了掩飾自己的不愉快，田崎努力擺出笑臉說：「是嗎，太好了。」

「還有像是花苗的栽種訣竅啦、到哪裡可以買到便宜的苗株啦，網路上都可以資訊交流。早知道我就應該多多利用。」志保開懷地笑著。

「我說的沒錯吧。」

「的確是。」

田崎點點頭，慢慢呑下味道已經苦澀的啤酒。

田崎十分在意志保都跟什麼樣的人互通信件。

趁著志保洗澡的時間，田崎走到放在客廳角落的電腦前面。螢幕沒有鎖，馬上就能打開寄件夾和收件夾。

一如志保說的，上面都是閒閒沒事做的家庭主婦所寫的無關痛癢的文章。志保所寫的內容也跟她在餐桌上說的一樣。田崎一方面對事情沒有超乎想像而安心，看著電腦螢幕的同時，心中又開始新的念頭。

萬一有男人寫信來，志保會怎麼處理？

電腦螢幕上的字投影在田崎臉上，想像開始在他的腦海中慢慢迴旋。

志保收信時會有什麼樣的表情？讀信時心中會作何感想？有什麼感覺？會產生什麼樣的影響呢？

一旦開始想像，似乎胃壁就會跟著收縮。有種類似情慾的感覺，讓田崎很困擾。

淋浴聲停了。志保從浴室走出來。田崎連忙關上電腦。

一開始田崎只是想小小惡作劇一番。

他打開辦公室裡的個人電腦，寫了封電子郵件給志保。

「妳好，我是看了BBS的文章才寫信給妳的。跟妳一樣，我也是剛開始學習園藝。身邊的朋友都笑我說一個大老粗根本不適合拈花惹草。可是我就是喜歡。現在雖然都種不好，希望將來能有個引以爲傲的庭園。很高興能夠和妳交換資訊。如果可以的話，能否回信給我？」

寫到這裡，田崎心想該用什麼名字署名呢？反正信都寫了，乾脆取一個做作一點的名字。一個無法跟自己聯想在一起的男性名字。

「暮林英二」

田崎一邊敲著鍵盤一邊苦笑。他其實只是將書架上會計學書籍的作者名字重新排列組合，感覺還算不錯。

稍微猶豫了一下，結果還是傳送出去。

「不知道對方是誰，這就是電子郵件的好處呀！」他想起了元木說的話。

志保絕對不會知道寄件人就是田崎。這種安心感讓田崎大膽行事。

那天晚上，一坐上餐桌，志保便跟他報告。

「今天呀，我收到男人寄來的信耶，害我嚇了一跳。」志保臉上浮現困惑的表情。

「噢，是嗎？」田崎一邊吃著醋溜青花魚，一邊看著情緒有些高昂的志保。

「對方也跟我一樣，剛開始學習園藝。」

「那妳回信給他了嗎？」田崎留意著問話的語調不要產生變化。

「怎麼可能，我才沒有寫呢。我不可能回信的。」

「爲什麼？」

「因爲我又不認識對方。」

「其他的人不也一樣嗎？」

「可是還是跟女人不一樣呀。跟不認識的男人互通信件，感覺好恐怖喲。」志保眉根緊縮地輕輕搖頭。她那茫然失措的表情，不禁讓田崎看得發呆。

「是嗎，說的也對。」

吃飯的時候，田崎努力不要讓志得意滿的神情表現在臉上。

之後田崎還是繼續寫信。

還以爲已經心滿意足了，感覺上卻仍有些不太盡興。應該說他還想多騷擾一下志保、多看看志保困擾的表情。

爲了不引起志保的警戒心，田崎盡量將信文寫得簡短，卻又令人印象深刻。既然共同的話題是園藝，就不能不提到，所以田崎還買了書本回來研究。

「園藝進行的還好嗎？我原本很期待石蒜開花，可惜全都枯死了。大概是我照顧得不好吧。石蒜長得跟彼岸花很像，很可愛。如果妳也知道這種花就太好了。暮林英二」

「好煩喲，他又來信了。」志保有些抱怨的語氣。

「那有什麼關係嘛。」田崎一邊喝著充滿海洋氣息的蛤蜊湯，一邊若無其事地回答。

「我覺得心情好沉重。」

「只要不回信，久了就不會再寫來了。」

「也許吧，好，我決定了，不管他。」

但田崎還是繼續寫信。寄出信的那天晚上，志保肯定會在餐桌上報告電子郵件的內容。

「眞是奇怪的人，我這樣無視於他的存在，怎麼還是不斷寫信來，究竟他想幹什麼嘛！」

一臉困惑的志保看起來好美。皺著眉頭的表情跟那個時候有些類似，看得田崎十分心疼。

「那妳就回信給他嘛！」

「我才不要。」

「爲什麼？」

「你覺得無所謂嗎？假如我跟陌生男人做那種事。」

「什麼做那種事？不過就是寫寫電子郵件嘛，這種小事我無所謂呀。」

志保默不做聲。

「怎麼了？」

「沒有。」志保不高興了，嘔氣的表情眞是可愛！

「傻瓜。」

好想早點抱她上床。

一連寫了五封信，結果志保都沒有回。果然志保還是安分守己的女人，田崎感到十分滿意。於是他想這種無聊的遊戲該結束了，便寫了最後一封信。

「我一時興起，寫了好幾封信給妳。仔細想想，應該造成妳莫大的困擾吧？請原諒我發現得太遲。因爲身邊沒有共同分享園藝之樂的朋友，感覺有些寂寞，所以一看到BBS上妳的留言，不免心想能有一個可以說話的朋友眞好。希望妳能種出許多美麗的花朵，敬祝　平安健康。再見。暮林英二」

「怎麼樣，那個男人信上說了什麼？」

「他說以後不再寫信給我了。」

「是嗎。」

「我一直都不回信，也難怪他會這樣。」

「他不寫信來，那妳會不會心有不甘呢？」

「討厭，我還覺得心安呢。」

之後過了兩個禮拜。

每天過著被工作追趕的忙碌生活，田崎早已忘記電子郵件的事。因爲工作打開信箱時卻大吃一驚。因爲志保回信了。

「我猶豫了很久，還是決定回信給你。我一直擔心是否對你太過失禮。明明是我在BBS留言請來信的，承蒙你的來信卻不答覆，眞是不好意思。馬上就是冬天，冬天是花朵寂寞的季節。我家的鼠尾草開得正茂盛。田崎志保

P.S.一如暮林先生所說石蒜是種可愛的花。我也很喜歡。」

田崎看著信文，試圖讀取志保的心意。她回信只是單純為自己的失禮致歉嗎？還是答應今後繼續信件往來？不，不可能的。她不是說對方不寄信來，她反而覺得安心嗎？她不是皺著眉頭抱怨跟陌生男人通信很恐怖嗎？

可是志保完全沒有提到自己回信的事實，最讓田崎心情動搖。平常一定會在餐桌上報告的志保，這次卻噤口不言。為什麼？是忘了嗎？怎麼可能！

儘管田崎十分困惑，卻還是回了信。

「謝謝妳的回信。因為我已經死心了，一看到來信，不禁高興地跳了起來。鼠尾草真是不錯的花，我也喜歡。適合冬天栽種的還有什麼花呢？可以的話，請告訴我。暮林英二」

晚飯時間，田崎若無其事地問說：「最近，怎麼樣呀？」

「什麼怎麼樣？」

「還有用電腦交換資訊嗎？」

「嗯，偶爾。」志保伸出筷子挾取飽含高湯的高野凍豆腐。

「那個男的呢？」

「還好呀。」

「還好是什麼意思？」

「就是沒有再來信呀。」

「是嗎。」

志保騙我。

說謊的事實讓田崎震驚、狼狽，而且生氣。

可是同時又讓田崎產生莫名的興奮。

三天後志保回信了。明知道不應該高興，田崎的心情卻十分亢奮。

「有蝴蝶草、龍膽花和番紅花。蝴蝶草會一直開到降霜的時節。花的顏色也很多樣，是很適合觀賞的花種。」

「我立刻查閱了花卉圖鑑，的確是很令人期待的花種。我雖然覺得盛開的鮮豔花朵不錯，但是更想種出如野草般樸素的小花。因爲我本來就是鄉下出生的，看到那樣的花，心情會比較寧靜。」

「我好驚訝，因爲我也有同感。比起來，我也喜歡開在野地的花朵。最近我種了藍星花，你知道這種花嗎？花朵是琉璃藍的顏色。相信暮林先生一定會喜歡，開花季節是在初夏，現在起可以滿心期待。」

「我立刻就跑去買花苗。因爲種的時期較晚，我擔心趕不上初夏的開花季節。如果能夠和妳同一時期欣賞花開，相信樂趣也會加倍。」

「要讓藍星花熬過冬季，至少要有五度的溫度。這種花不耐濕氣，葉子背面沾上泥土就不容易養好，請注意。」

從信的內容不難看出志保漸漸放下心防。剛開始都是間隔三、四天才寫信，現在則是幾乎當天就回。或許可以繼續往前踏一步了。換句話說，兩人之間的共同話題不再只局限於園藝。因此田崎必須讓這個男人的存在更增添眞實感才行。

田崎靠在辦公室的椅子上，撐著頭望著天花板沉思。

暮林英二是個什麼樣的男人呢？必須是什麼樣的男人才能被志保接受呢？

田崎閉上眼睛想像。一個不是自己的男人。一個和自己互爲極端的男人。一個自己想變成的男人。是那種學生時代曾經羨慕過的朋友、電視和電影上所看到的明星、雜誌和小說中常見的男主角。外型好、會說話、成熟穩重卻又帶點少年般的影子。

模糊的影像逐漸堆積，終於慢慢浮現出一個男人的形象。

「突然發現還沒有自我介紹。雖然有些遲，還是簡單寫下吧。我二十八歲，身高一八〇公分，體重七十五公斤。工作是補習班講師。原本就很喜歡小孩，所以一開始是打工，現在則變成了正式職業。一個人住在有庭院的公寓。我的興趣，妳應該已經知道了，就是園藝。其實與其說我在蒔花弄草，應該說是玩泥巴比較貼切吧。大學時代喜歡滑雪，受過重傷，現在右腳走路還有些跛。因爲走路樣子難看，所以就不太喜歡外出。拿植物打比方的話，我不是花，應該像是深山裡的櫸樹吧。我是個魁梧粗壯的大男生。妳呢？用花做比喻，會是什麼花呢？」

隔天收到了志保有些熱情的回應。

「想像有如櫸樹的你，不禁笑了出來。對不起，我沒有嘲笑你的意思，而是你的人跟我的想像一樣。腳的事，請不要太在意。在意那種小事，感覺跟高大櫸樹般的你也不太相稱。用植物來比喻我自己，我想應該是長春籐或黃金葛吧。我不屬於會開花的植物，只是個樸實無趣的女子。或許就是因爲這樣，才會想要將陽台種滿花吧！」

「爲什麼要那麼說呢，我無法理解。閱讀妳的來信，總能舒緩我的心情。想像妳的時候，我的腦海中會浮現淡雅的百合。那是我喜歡的花，妳知道這種花嗎？」

那天田崎一回到家，看見志保正在餐桌上攤開花卉圖鑑。

「怎麼了？」

「哎呀，你回來了。對不起，我都沒有注意到。」

田崎看著她翻開的那一頁。

「好漂亮的花呀，那是什麼花？」

「百合花呀。」

志保合上圖鑑，起身說：「馬上就開飯了。」

餐桌上，志保仍如以往地報告每天的生活。除了和暮林的郵件往來外，什麼都說。可是說話時有些愧疚的低垂眼神、選擇用詞時的遲疑都躲不過田崎的眼睛。

「怎麼了嗎？」

「什麼？」

「你怎麼一直在看我的臉？」

「我在想妳最近變漂亮了。」

「討厭！」志保舉起雙手捧著臉頰。

田崎很想馬上就跟志保共享魚水之歡，他認爲志保應該也有同感。事實上，他覺得最近在床上的志保有些改變了。雖然說不出所以然來，感覺不像過去都是被動，志保開始變得主動了。對田崎來說，這是一項收穫。

「我母親很早就過世了，在繼母的教養下長大。繼母對我很好，但仍無法彌補我的孤獨。從小我就習慣一個人玩，和植物、昆蟲做朋友。這種習慣一直延續到現在吧。」

「我好驚訝。我也是母親過世，從小被繼母養大的。小的時候也都是一個人玩。感覺我們的境遇十分相似。」

「讀了妳的來信，我才明白當初爲什麼看到BBS上面妳的留言會受到吸引。大概是因爲我們能夠從對方身上敏銳地感受到彼此欠缺的部分吧。我想這應該就是一種緣分。」

「是呀，眞的。或許眞是一種緣分吧。」

兩人之間已經有過許多的書信往來。

田崎每天早上一到辦公室就先打開電子信箱。看到有志保的來信，便心情雀躍地閱讀，沒有則若有所失。

有時他會對這樣的自己感到錯亂。志保偷偷跟別的男人通信，是令人極其不愉快的行爲，田崎固然感到憤怒，但不可否認的，卻也成了他每天期待的樂事。

田崎一如往常地寫信給志保。

「昨天我在街上看到一個很像妳的人。當然我沒有見過妳本人，不知道是否眞的相似，只是有那種感覺而已。下午兩點左右，妳是否去了澀谷呢？」

志保昨天在餐桌上提到了去澀谷買東西的事。不知道志保讀了這封信會有什麼反應？一想到這一點，田崎臉上自然浮現笑容。

這時突然感覺有人在看著自己，於是抬起了頭。

書櫃的玻璃門上映照出一個既像是自己，又不像是自己的人影。

是暮林英二。

田崎心想。

我在看他，他也在看著我。

彷彿就像是共犯彼此在使眼色一樣，田崎不禁發出苦笑。

「我去了，眞叫人難以相信。說不定你看到的眞的是我。」

「我想現在的我在擁擠的人群中，肯定都能認出妳來。」

自己和志保，不對，應該是暮林英二和志保的感情越來越深。會變成這樣一點也不奇怪，不對，不會變成這樣反而才有問題！因爲兩人在信中彼此同化。

「妳從來都沒有提起過妳的先生，爲什麼？可否告訴我他是個什麼樣的人？」
「我先生人很好，年紀大我很多，個性很成熟，很尊重我。」
「妳現在一定很幸福吧？」
「是呀，我很幸福，沒有任何不滿。我很感謝我先生。」
「感謝？難道妳不愛他嗎？」
「我當然也很愛他。」
「老實說，我很忌妒妳先生。我還以爲自己才是唯一能讓妳幸福的男人！」
「請不要說這種話。再要說的話，那我就不回信給你了。」
「是我不對，我沒有要造成妳困擾的意思。再繼續通信下去，我覺得很痛苦。如果妳願意的話，我們不要通信了。我打算從此一刀兩斷。」
「我不是那個意思，我只是覺得如果能像現在這樣以朋友相交再好不過了。」
「可是我不想。」
「請……不要讓我困擾。」
「我不要。」
「拜託！」

從那時候起，志保的樣子有了明顯的轉變。

坐在餐桌前，顯得有些心不在焉，說話也不如從前多了。一副陷入痛苦、充滿煩惱的樣子。跟她說話時，她會猛然回過神來，精神狀態不太穩定。看到那樣的志保，雖然令人生氣，卻又能激起田崎莫名的興奮感。

志保意欲隱瞞卻又隱瞞不了的情思，就像她身體流出來的體液一樣，撩撥著田崎的情慾。

田崎看著坐在餐桌對面的志保。

凝視著他所愛的志保。

可是田崎終於知道到了該停止這遊戲的時候了。

因爲志保在床上開始會微妙地閃躲田崎。

或許志保本身沒有意識到，但很明顯的，那是爲了對暮林英二守住貞節所展現的一種女性生理現象。

「對不起。」

當親吻時，志保表現出抗拒的意志，田崎不禁開始怨恨起暮林英二。

得讓他消失才行！

望著志保的背影，田崎下定決心。其實很簡單，只要不再寫信就好了。除了電子信箱的地址，根本無從找起暮林英二的行蹤。

可是如果就這麼結束了，就什麼也沒留下了。不如一不做二不休，最後留下一個慘痛的教訓也不錯。不然的話，眞不知道忙了大半天所爲何來？

「我想見妳。」

「不行。」

「只是見見面而已。」

「見面又能怎麼樣？」

「再這樣子下去，太痛苦了。」

「我已經結婚了。」

「我知道，可是我就是想見妳。」

「我不行。」

「爲什麼？」

「那是不應該的。」

「我不管社會的眼光怎麼看，我只想聽聽妳的心聲。」

志保不再回信了。田崎焦急地等待志保的回信。那是他最後的賭注，也是志保最後的機會。現在還來得及，現在田崎還能原諒她。可是田崎卻又暗自期待志保的來信。

一個禮拜後，志保來信了。

「我也想見你。」

田崎不知道該如何形容讀這封信時的亢奮心情！

接下來發生在志保身上的事將會傷害到她自己。一想到這一點，田崎不禁打從心底覺得志保眞是天可憐見。

田崎決定好見面的地點和時間後，寄出了信。

隔天收到了志保答應的回音。

大概志保也下定了必死的決心，答應才前往指定的地點赴約吧。可是暮林英二不會出現。枯等不到之後，她會失望地回家寫信詢問，對方就是沒有消息。志保這才發現自己的愚蠢，從此心中懷著這份罪過，不敢再背叛我。田崎心想。

志保站在約好的地點等待。

田崎坐在不遠處的咖啡廳靠窗位置，觀望著這一切。志保一臉的喜悅。一種雖然感覺困惑卻又難掩期待的神情。不過能有這樣的表情也爲時不久了！

已經過了約好的時間。

等待著不可能現身的男人，志保看了一下手錶，然後視線落在腳下，重新拿好皮包、抬頭看一下周遭。志保的臉上浮現一絲的陰影。

田崎開始興奮了。可以的話，他眞想就這麼衝出店外，雙手緊緊抱住正在害怕、顫抖、心靈受到傷害的志保。

就在這時田崎看到一個男人站在志保面前。男人的個子很高，身材魁梧。從這裡只能看到他的背影。大概是因爲志保站在那裡太久，引起了男人的注意吧。

田崎微微起身，隔著男人的肩膀，看到志保的臉。令人驚訝的是，志保居然臉上帶著笑容。

終於男人站在志保旁邊，兩人一起離開那裡。

當田崎發現男人走路時腳步有些跛，不禁倒吸一口氣。

他看到男人的側臉。

怎麼可能會這樣？

儘管拚命否定，但對方就是那個男人。

他就是田崎所創造出來的暮林英二。

「志保！」激動的田崎腦筋一片混亂，他站起來貼著窗玻璃大喊：「不要走！志保。」

無視於眾目睽睽，他大聲呼喚。

可是外面聽不見他的聲音，只見兩人的身影慢慢地消失在人群中。

父親回來的日子

一時之間答不出話來。

「怎麼樣呢，可不可以麻煩你過來這裡一趟？」

聽到對方的要求，我的腦筋一片混亂，根本理不出答案。

對方究竟是如何查到我的存在呢？

「我現在一定得做出決定嗎？」彰市好不容易開口說話。對方沉默了一下後回答：「那麼後天這個時間，我再打電話過來。」

「我知道了。」

掛上電話後，彰市看著正在縫鈕子的妻子史惠。那是兒子友也的學校制服。

「發生什麼事了？怎麼會有川崎醫院打來的電話呢？」

「可不可以幫我沖杯咖啡？」

彰市坐在沙發椅上。史惠和他擦身而過走進廚房。

最近因爲戒了菸，感覺手上空空的，百無聊賴地重新攤開晚報，偏偏沒有什麼報導是想繼續再看的。眞受不了最近的晚報都是廣告！電視畫面上播映的是體力競賽的綜藝節目，剛剛還看得津津有味，現在則是一點興趣也提不起。

沖好的咖啡放在桌上，裝在畫著卡通圖案的馬克杯裡。儘管沒有底下墊的托盤和小湯匙，彰市也無所謂。因爲他知道只有不計較這些小節，才能維繫好家人之間的關係。

史惠又開始縫起了釦子。因爲她沒有繼續追問，最後彰市只好自己開口說：「聽說父親住院了。」

史惠抬起頭，表情有些困惑地反問：「父親？是你爸爸嗎？」

「嗯。」

「原來他還活得好好的呀。」

「怎麼可能還好！」

「噢，說的也是。所以醫院才會打電話來，然後呢？」

「說是要我去看他。」

「他哪裡有問題呢？」

「聽說是肝臟。」

「那你就去一趟嘛。」史惠說得倒很乾脆。

「爲什麼我非得去看他不行！」彰市的表情僵硬，顯得有些不服。

「因爲他是你爸爸呀。」

「都已經三十年沒見了。他可是當年拋下我和媽媽，跟女人跑了的父親呀！在我困難的時候他什麼也沒幫助過我，爲什麼現在倒要我盡起爲人子的義務！」

史惠將視線移回拿針的手上。

「而且萬一對方要我帶他回家，妳可以接受嗎？」

「我不知道，不過總得先看過再說吧？」

「看了又能怎麼樣？」

「也許是吧。」

「什麼都不會改變的，只是見面又有什麼用！」

史惠沒有答腔。

「妳不懂的。」彰市拿起了咖啡杯。「我不會去的。」

然後慢慢地將身體靠在沙發椅背上。

「我是絕對不會去的！」

行李只有一個小旅行包而已。

三十年前看起來那麼高大的父親，如今像隻病雞一樣萎縮在身旁的計程車廂裡。

「我家雖然不大，但是有間和室。」

父親微微地搖頭。

我們之間沒有話說。彼此面對著不同的車窗外，眺望因為春天靄氣而顯得輪廓迷濛的風景。

會去醫院探望，是因為第三天打電話來的醫院人員客氣的口吻中夾帶著責備的語氣所致。將父親帶回家，則是在知道父親病情一個禮拜後，醫生表示暫時可以出院，彰市懶得跟院方從頭說明家裡的情況，乾脆就這麼做了。

或許是因為有痰，父親的身體裡面有時會發出奇怪的聲音。

六人住的病房裡，躺的都是形容相仿的老年人。一下子之間，彰市認不出來哪一個才是父親。大概病人們也是一樣吧。不知道走進病房的男人是誰的家人？暴露在這些既是探詢又是期待的眼光下，彰市覺得很不自在。或許因為這樣，所以當他確認出床頭的名牌時，也只是用著出乎意料的平淡口吻詢問「你還好吧」。

父親的皮膚已失去光澤。頭髮稀疏、牙齒脫落、蜷曲的身體只剩下記憶中的一半。但還是能認出當年的風貌。因為瘦了，使得極具特色的鷹勾鼻線條更明顯，右眉梢的黑痣看起來則是比當年大了許多。

「馬馬虎虎啦。」父親回答得很簡短。

父親看到彰市的臉，也沒有露出太多的驚奇。大概醫生還是護理長事先已經知會過了吧。不過原因不只如此，彰市認爲一如三十年前的父親一樣，對兒子的態度總是漠不關心。

回到家後，史惠一臉熱情地出來迎接。

「歡迎光臨，我們等你好久了。」

父親被帶到客廳。一坐下沙發，他便好奇地看著家中。

「要喝點什麼呢？有咖啡、紅茶和日本茶。」

「那就給我煎茶好了。」

友也從自己的房間走出來。

「這是我兒子友也。」

友也看到初次見面的老人，表情有些困惑地點頭致意。

「多大了？」

「十一歲。」

「好高呀，玩什麼運動呢？」

「足球。」

所幸友也一路成長順利。個性大方、性格開朗。對於突然出現的祖父，既不覺得好奇，也沒有表現出嫌惡的樣子。

晚餐吃的是壽喜燒火鍋。彰市很不習慣地看著父親坐在四方桌上那個一向沒有人坐的位置，悶不吭聲地將白飯、牛肉送進嘴裡。

那個時候，父親不常回家。

偶爾回到家，也都坐在客廳裡喝酒。彰市討厭喝醉酒的父親，尤其是他的眼睛。說什麼也聽不懂、聽不進去，一種充滿絕望的眼睛。很像夏天貼在窗上的壁虎眼睛。

「味道還可以嗎？」史惠問。餐桌上的對話幾乎都是史惠在負責。

「味道很好。」父親嘴裡雖這麼說，吃的卻不多。彰市知道他其實很想喝酒。

聽醫生說，因爲長年喝酒和不注意健康，父親的肝臟已經硬得跟石頭一樣。但他還是想喝酒，住院期間經常偷跑出去買自動販賣機的杯裝清酒喝。一方面是因爲醫生的再三告誡，事實上彰市本身也很不願意拿出酒來招待父親。

疲於償還父親所欠的債，母親四十出頭便撒手人寰。父親現在已經年過七十。假如自己爲父親的長壽而高興的話，會讓彰市有種背叛母親的感覺。

第二天一早，史惠在玄關目送彰市出門上班。

「沒問題吧？」彰市一邊套上皮鞋一邊詢問。

史惠一副無所謂的語氣反問：「當然啦，怎麼，你會擔心嗎？」

「我才不會。那就麻煩妳了。」

接父親回來住的前一天晚上，彰市已經將父親的惡形惡狀說給史惠知道。但其實彰市覺得自己的目的，似乎也有讓史惠在比較聽到的和實際看到的父親印象時，會產生「倒也還好」的想法。即便是那麼過分的父親，他也不希望史惠做出「果然沒錯」的結論。或許這就是死到臨頭也要面子的虛榮吧。

友也出現在走廊上。書包掛在右肩上，穿越兩人的中間而過。

「我上學了。」

「體育服帶了嗎？路上小心車子。」史惠大聲喊著。

已經看不到友也的身影。不知道他聽見了沒有？每天早上這種戲碼總要重演一次。

「那我上班去了。」簡短說完之後，彰市也出了家門。

通車大約要花一個小時。雖然早已習慣電車的擁擠，但今天就是沒辦法像平常一樣專心看報紙。越過其他乘客的肩膀看著窗外的風景，種植在軌道旁邊的櫻花樹已經冒出紅色的花苞。

三十年前父親離家出走時，也是現在這個季節。

聽說以前父親生意做得很大。雖然手頭闊綽，相對地也玩得很兇。那是昭和三十年代初期的事了。從彰市出生之後，家境便開始出現問題，但父親還是盡情地吃喝玩樂。

父親本來就不是做生意的料。只是因為剛好做對了生意而大發利市，他卻誤以為是自己有本事。很快地家裡變得一貧如洗。父親為躲避債主，整天窩在以前包養的女人家中。偶爾回到家，也只會在客廳喝酒，然後醉眼迷濛地對著母親和彰市大發脾氣。隔天將家裡所有的錢搜括一空才出門。

彰市小學畢業那一年，父親跟女人私奔。剩下的債務全由母親一肩扛起。母親賣掉房屋、跟親戚低聲下氣借錢、沒日沒夜地工作。終於在還清所有債務的當下，彷彿洩了氣的氣球一樣猝死了。

「彰市你要答應我，長大以後千萬不能做生意，你要好好當個上班族。」

年紀才剛過四十，母親的遺容卻疲憊地像個老太婆。

彰市遵守了母親的遺言。他跟著外祖父母生活了兩年，努力讀書考上東京一流的大學。靠著獎學金和打工讀完大學，進入一流的公司服務。和同事史惠結婚，買下郊區的房子，生了一個兒子友也。前途發展順利，在同期之中算是最早升上課長。

彰市對自己信守母親的遺言感到自傲。一如母親的交代，他成爲母親希望他成爲的上班族。

不可否認的，這個承諾也限制了他的發展。他原本也許能過著不同的人生也說不定。最近他甚至開始懷疑，自己是否眞的適合上班族這個人生抉擇？

景氣低迷嚴重地改變了整個社會。受到矚目的計畫中止了、被寄予厚望的人突然間都成了公司的燙手山芋。有的人能成爲時代主流下的倖存者、有的人則是被隨手丟棄。彰市早有了覺悟，下一個即將輪到自己。如今已不時興愛公司的精神，大家只關心接下來會被踢到哪裡？子公司還是外包企業？或者被要求提早退休？

做個上班族就能安心過日子。母親所深信的這種想法，如今已不存在。社會已經改變了。

父親來到家裡住已經三天。

沒有引起任何問題，照這樣子看，接下來的四天也能順利度過吧。奇妙的是，看著父親塡補餐桌上那一角的空位，感覺也很自然。

一如彰市的想像，友也對父親並沒有太複雜的情感。兩人幾乎不太說話，但彰市從公司回來，倒是常看見他們坐在一起看電視。

友也明天起要參加三天兩夜的學校旅行。想來很期待吧，背包都已經收拾好放在玄關前了。

洗完澡，稍一打開浴室的門，就看見父親蹲在玄關前的背影。一開始彰市不知道父親在幹什麼，可是一看到父親手的動作，彰市立刻火冒三丈。

父親正在翻掏友也的背包。他的目的何在，彰市不難想像。

「你在幹什麼？」

父親回過頭，趕緊將手抽出來。

「我在問你，你在幹什麼？」自己的聲音僵硬，幾乎跟怒吼沒有兩樣。

「沒……沒有呀。我沒幹什麼。」父親結結巴巴地回答後，站了起來。他的視線不敢看著彰市的眼睛，而是看著木頭地板。儘管身體已經蜷曲萎縮，但眼前的他還是三十年前那個拋棄母親和彰市的父親。

「你這種人！」

長期以來壓抑在內心深處的怨氣凶猛地爆發了出來。

「你知道自己在做什麼嗎？做這種事你難道不覺得丟臉嗎？」

自己的聲音顫抖。不只是聲音，整個身體也在顫抖。

因爲彰市的大聲怒吼，客廳裡的史惠和友也跑了出來。

「怎麼了？發生什麼事了嗎？」史惠在彰市背後不安地詢問。

「難道你也要對友也做同樣的事嗎？你知道那個時候我心裡有多難過嗎？那次的學校旅行，直到上了電車，我才發現自己的錢包是空的。那些錢是我爲了參加旅行，每天替人家送牛奶存下來的。而你卻爲了買酒喝偷走。你是那種連兒子的零用錢都可以厚著臉皮偷走的男人。你就是那種人！」

自己的聲音和當年躲在電車廁所，爲了不讓同學們聽見而摀著嘴巴嗚咽的兒時聲音重疊。

「你倒是說說話呀！好歹也該對自己的行爲感到羞愧吧？」

父親沉默地低著頭，無法說什麼。因爲他的無言以對，更助長了彰市的亢奮與怒氣。

彰市緊握著拳頭。

「爲什麼我要帶你回家住一陣子？因爲你年紀大了，我不忍心。但是我錯了。你沒有變，一點都沒有變。你到底算什麼嘛？身爲一個父親，你心裡究竟在想些什麼？」

「好了，不要說了。」史惠出聲制止彰市。友也只是呆立在一旁。他們倆從來都沒有看過彰市這麼嚴厲地罵過人吧。彰市也不希望表現出這種樣子，可是到現在爲止，從來沒有什麼像眼前的父親讓他這麼失望過！

「我不想再看到你了。」彰市背對著父親說：「你馬上給我離開這裡。史惠，叫計程車，幫他整理好行李，叫他走！」

「可是，今天已經太晚了。」

「我不管，隨便跟醫院編個藉口，就說他身體突然不適什麼的。總之我要他現在就消失在我眼前！」

不屑地說完後，彰市走進自己房間窩在棉被裡。

心想如果史惠不讓父親離開，那自己就要離家出走。他再也不想看到父親的人了。

門外不斷傳來史惠低聲的說話聲和往返客廳、寢室的腳步聲。

一個小時後，有人敲房門。

「爸爸回醫院了。」彰市在被窩中聽到史惠這麼說。

「妳……」

史惠走進房間。儘管彰市知道這樣很孩子氣，卻還是躲在被窩裡不肯動。

「這麼做眞的好嗎？」

「妳看不過去妳就直說呀！」

「我不是那個意思。」

「既然這樣，就不要囉唆，照我說的去做。」

彰市感覺到頭上傳來了小聲的嘆氣。

「剛好路口的計程車有空。眞是幸運，因爲那位司機先生人很親切。」

史惠走出寢室。

隔天一早。

彰市心情尷尬地像是築起一道牆將報紙攤在前面吃著早餐時，友也提著背包走了進來。

「爸爸，那個……」

「怎麼了？」彰市移開半邊的報紙問。

「是關於背包裡的錢包……」

「還是被偷了嗎？」彰市皺起了眉頭，用力摺好報紙。

「不是的，是錢變多了。」

一時之間，彰市不懂友也在說些什麼，於是反問：「變多了？」

「嗯，你看。」友也伸出的手上有著一張皺巴巴的千元鈔票。「裡面多了這張。」

彰市一下子說不出話來。

「爺爺不是想偷錢，他是想給我零用錢的。」

彰市看著那張皺巴巴的千元鈔票。

史惠從廚房裡走出來。

「我想說不定那是爸爸想對你表達的歉意吧？」

史惠也看著那張千元鈔票，然後對著彰市輕輕一笑。

「不會吧！」話說到一半喉嚨便哽住了。

怎麼可能？這種事怎麼可能發生嘛？

「要不要現在就把爸爸接回來？」史惠的手搭在彰市肩上。「再把爸爸接回來住吧？友也也答應吧？」

「好呀。爺爺答應我，等我旅行回來要教我踢足球。」

彰市緊咬著嘴唇。苦澀慢慢滑下喉嚨。

以前他曾打過史惠。理由是什麼，彰市不記得了。只知道還來不及動口，就已經先動手了。他也曾被史惠以外的女人吸引過。儘管他很以史惠和兒子爲重，卻仍幻想過著不同的人生。他也想要花錢，想要出手闊綽地遊戲一番。父親的確活在自己的心中。現在否定父親的存在也就是否定了自己。怨恨父親就等於是在怨恨自己。

彰市試著輕輕地呼喚一聲：爸爸。

雖然不像一句完整的話語，但聽起來的感覺倒是不壞。

結語

女人總是寂寞度日。

男人總是活在悔恨中。

聽到這樣的說法時，我覺得那是一種男人和女人絕對不會有交集的存在方式。

用男性觀點描寫女人。

這是我一直很想做的嘗試之一。

我慢慢地花時間，寫出一篇又一篇，完成這本書。

對我而言，這些都是我所喜歡的男性角色；同樣地，儘管書中的女人們受到殘酷嚴厲的打擊，依然是可愛的存在。

男人和女人。

愛情本身並沒有錯。只不過是愛的方法稍微有誤罷了。

不管發生過什麼事，只要男人和女人仍能不計前嫌相互吸引的話，愛情小說就能永遠流傳吧。

最後僅藉此篇幅，對新潮社櫻井京子小姐的諸多關照表達感激之意。並由衷感謝閱讀本書的讀者諸君。

唯川惠

藍小說107

嘆息的時間

作　者─唯川惠
譯　者─張秋明
副總編輯─葉美瑤
編　輯─黃嬿羽
執行企畫─黃千芳
校　對─張秋明、姚明珮、黃嬿羽
董事長
發行人─孫思照
總經理─莫昭平
總編輯─林馨琴
出版者─時報文化出版企業股份有限公司
10803台北市和平西路三段二四〇號三樓
發行專線─（〇二）二三〇六─六八四二
讀者服務專線─〇八〇〇─二三一─七〇五・（〇二）二三〇四─七一〇三
讀者服務傳真─（〇二）二三〇四─六八五八
郵撥─一九三四四七二四時報文化出版公司
信箱─台北郵政七九～九九信箱
時報悅讀網─http://www.readingtimes.com.tw
電子郵件信箱─liter@readingtimes.com.tw
法律顧問─理律法律事務所　陳長文律師、李念祖律師
印　刷─偉聖印刷有限公司
初版一刷─二〇〇八年三月十七日
定　價─新台幣二五〇元
⊙行政院新聞局局版北市業字第八〇號

國家圖書館出版品預行編目資料

嘆息的時間／唯川惠著；張秋明譯. -- 初版.
-- 臺北市：時報文化, 2008. 03
面；　公分. --（藍小說；107）

ISBN 978-957-13-4795-0（平裝）

861.57　　97000668

TAMEIKI NO JIKAN
by YUIKAWA Kei

ISBN 978-957-13-4795-0
Printed in Taiwan